农工泰斗一呼百应
恩师汪懋华院士

河北农业大学东区综合楼

河北农业大学东区工科实验实训楼

河北农业大学机电工程学院学科群

欢迎光临河北农业大学机电工程学院

全国工程机械维修研究会检测诊断技术委员会成员
徐滨士院士（前排右三）、邝朴生（前排左二）

河北农大第四届学术学位委员会成员

前排：王永蕙、董霞、陈陆均、杜怡斌、陶学郁、夏亨熹、李伯航、张璞、曹晖、黄燮

后排：张志铭、李广敏、郗荣庭、李仁岗、李凤翙、周曰荣、崔起麟、吴富融、朱之埥、邝朴生

高等院校创新教育研讨会

王志刚副校长（前排左四）、邝朴生（中排左三）

与美国流体动力研究中心（FPRC）主任费奇博士在办公室合影

身为农业部公派访问学者（1984—1985 年）在 FPRC 门口

政协保定市九届一次会议　正副主席及秘书长合影
邝朴生（左四）

2007年全国农业工程学会专家组考察北大荒九三分局
邝朴生（后排左六）

邝朴生（二排右二）出席中国农机学会基础技术学术会当选副理事长

河北省人工智能学会成立大会留念

理事长吴惕华（居中坐者），副理事长邝朴生、郭宝兰、魏世泽

直读式液压检查仪鉴定现场

杨颐、李象、边耀刚、吴声浔、侯宗涛、邝朴生、李凤翙

中国工程学院“农业机械化发展战略研究”专项咨询项目工作会议

邝朴生（二排右七）受邀以专家身份出席

访问日本长野县工科短期大学校
王俊昌、佐藤校长、邝朴生、日方副校长、武文生、日方教务长

“一衣带水 源远流长”条幅赠给日本两备系统公司
滕桂法、周曰荣副校长、邝朴生、日方经理

河北农业大学人工智能研究中心部分师生（87—91届）

坐者：杨庆、邝朴生

站立者：张孟杰、刘淑霞、刘刚、张晓静、马洪森、刘凤琴、高晓英、李书全

农业机械化5915班校友返校留念

邝朴生（后排右三）

登泰山顶
马跃进（左）、邝朴生（右）

欢宴张孟杰院士（左三）
其余左起：刘玉琴、邝朴生、李亚敏、彭海滨、郝建军

与刘刚合影

出席国际农业工程大会
邝朴生、刘玉琴、张漫、邝继双

2017年夏校园合影
邝朴生、刘玉琴、刘金生

全国统编教材《机器维修工程学》审稿会
前排左起：曾彬、总支书记、辜宣鸿、李宝筏、蔡心怡、李桓、曹主任
后排左起：韩景星、邝朴生、许洪吉、张建华、仪洁、教务处长、程小桐、张洪光

河北农业大学科研鉴定会

前排左起：赵国栋、李凤翙、赵秀仪、吴声浔、陈宝吉、武仲、邝朴生、吴艳珍

后排左起：马跃进、张建华、滕桂法、郝淑珍、刘淑霞、苏尚华

华北电力大学硕士学位论文答辩会

左起：范孝良、陈立新、唐歆熙、许中平（硕士生）、邝朴生、王藏柱、段巍

河北农业大学硕士学位论文答辩会

左起：张荣梅、刘铁成、邸文祥、于宗周、邝朴生、武仲、宋福祥、王秀

邝朴生、郄志宏合影

邝朴生、苏尚华合影

河北农业大学机电工程学院拜访中国农业大学汪懋华院士科研团队
左方：孟繁佳、曹克实、汪懋华、刘刚、张漫、杨玮、孙红、林建涵
右方：袁洪波、蔡振江、马跃进、张曙光、索雪松

邝朴生回忆录

邝朴生 著

燕山大学出版社
河北大学出版社

图书在版编目（CIP）数据

邝朴生回忆录 / 邝朴生著. -- 秦皇岛 ：燕山大学出版社，2018.8
ISBN 978-7-81142-732-5

Ⅰ. ①邝… Ⅱ. ①邝… Ⅲ. ①回忆录－中国－当代
Ⅳ. ① I251

中国版本图书馆 CIP 数据核字 (2018) 第 181877 号

邝朴生回忆录
KUANGPUSHENG HUIYILU

责任编辑：朱红波 刘 婷
封面设计：杨艳霞
责任印制：靳云飞
出版发行：燕山大学出版社 河北大学出版社
印　　刷：保定市北方胶印有限公司
开　　本：168mm × 235mm 1/16
印　　张：10.25
字　　数：145 千字
版　　次：2018 年 8 月第 1 版
印　　次：2018 年 8 月第 1 次印刷
书　　号：ISBN 978-7-81142-732-5
定　　价：66.00 元

序

光阴似箭，转眼间我已离开母校河北农业大学22个春秋。今年是恩师八十华诞，欣闻《邝朴生回忆录》即将出版，内心感触良多。我愿以学生和学术同行的双重身份，回忆对邝先生之理念和成就的理解及感受，与读者共享。

一、人工智能与高新技术及创新方面的贡献

即将进入21世纪20年代之际，如果说当今世界处于以人工智能、大数据、新材料、生物科技等高科技为侧翼，以科技创新为主体的飞速发展时期，恐怕无人提出异议。自2016年谷歌AlphaGo打败围棋国际冠军李世石以来，人工智能技术再次占领高新技术制高点。深度学习、强化学习、迁移学习等领先学习方法，异军突起，已经被广泛应用到科学研究、经济、社会、人文、生活发展的各个方面，并进一步被提升至太空、军事，国防及国家安全的高度。世界各国包括美国、中国、英国、新西兰、日本及加拿大等，均已制定国家级人工智能战略发展规划。我国于2017年7月正式发布国家人工智能分三步走的发展战略，并于10月发布了以人工智能与大数据技术为主的国家创新规划。

很显然，现如今人工智能与创新已深入人心。然而，追溯至30多年前，国内外甚至有人认为“人工智能是唯心的”“它不可能代替人脑”“更不可能超过

人脑”。中国人工智能的发展及相关研究尚处于艰难起步阶段，人们还看不到其发展前景及战略意义。邝先生率先学习了解到此研究方向的重要意义，并提出了具有创新性的观点（智能化是自动化的高级阶段，创造性脑力劳动迟早会实现电算化，计算机辅助发明不是天方夜谭）。可以说，邝先生是河北省及全国农业院校预见此方向的第一人，尽管当时他的观点并没有被广泛认同。

1984年，邝先生作为公派访问学者前往美国流体动力研究中心（FPRC）合作研究。经过为期一年的刻苦学习与钻研，期间发表了系列学术论文五篇，成功地将模糊逻辑、模糊系统与推理应用于机械故障诊断。归国后，邝先生致力于人工智能研究组织的创立与发展，在1986年创立了河北农业大学人工智能研究室，并于1990年同杨庆先生（比利时根特大学博士后）一起将其发展为河北省及全国农业院校第一个省批研究机构“人工智能研究中心”，培养了大批研究生。《回忆录》对这些研究生毕业后的事迹有所记载，这无疑是对邝先生当时在农业人工智能发展上的推进和付出的一种“回报”。他主持多个农业部及河北省科研课题例如“农业专家系统生成工具”“小麦病虫害综合治理专家系统与决策支持系统”“农业知识工程建造环境”“知识自动获取的人工神经网络研究”等，为当时人工智能在大农业上应用起到了引领作用。他参与发起建立河北省人工智能学会并荣任首届副理事长，致力于河北省人工智能研究、应用与推广。他与中国科学院合肥智能机械研究所熊范伦研究员等专家合作创建了全国农业人工智能学会，并在全国人工智能学会理事长涂序彦教授关怀下，为人工智能在大农业上的应用做出了贡献。

邝先生应邀作为农业部全国统编高校教材初版第一副主编（修订版主编）出版了《拖拉机修理学》和《机器维修工程学》。他提出了机器维修学科体系（机器病理学、故障诊断学、维修工艺学、维修组织学和维修经济学五大版块）理念，理顺了相关学科间的逻辑关系，并完善了相关学科内容，贯彻了全寿命周期新理念。

传统上机器故障诊断和排除，被视为修理工匠的奇巧和经验，不登大雅之堂，难以称得起为“学”。邝先生在1987年参照医院诊治病人的流程，创造性地提出“机器故障诊断学”学科体系(状态劣化，判据，检测，推理，寻因、试验，决策，排除，预后，自诊断系统设计)理念，归纳出诊断原理与诊断技术两个方向，前者包括诊断数学（传统数学、软计算、形式逻辑、模糊逻辑、图论、PETRI网、小波分析、时间序列分析等）和诊断物理（老化、腐蚀、疲劳、磨损、断裂、失磁和电击穿等劣化模式和发生机理）；后者为诊断手段（各种方法原理、检测顺序的优化、先进仪器设备等）。据此出版了专著《现代机器故障诊断学》。在河北省科委及农业部资助下，邝先生主持并领导“机器故障诊断专家系统”“铸铁焊修专家系统”等科研课题，创造性地把人工智能思想与技术用于机器故障诊断与修理，为机器诊断与维修的自动化与智能化做出了贡献。进而于1997年出版专著《设备诊断工程》，被多所高校选为本科生与研究生教材。中国工程院徐滨士院士评价该专著为当时诊断专业的代表作之一。

20世纪90年代末及21世纪初，邝先生及时提出要大力推动创新教育。他身体力行，把这一想法付诸实施，创立了河北农业大学创新研究室，并编写了教材《创新工程与计算机辅助发明》，对研究生和本科生开设了“创新工程”课程。随后出版了专著《创新学》，突破了“创新只凭聪明人的碰巧机遇”“只靠灵机一动的顿悟，毫无规律可言”等陈旧虚幻理念的束缚。以知识工程、逻辑学和三论（信息论、控制论、系统论）为主线提供了创新的有序思路和方法技巧。从观察现状开始（知识获取），到分析问题提出问题（知识加工），拿出方案，决策，实施（知识应用），评估，信息反馈，改进，直到下一个循环。指出创造性思维必然发端于发散性思维随后进行收敛归纳，形成方案进行科学实验并加以验证。

提出全新的思想与科技创新是很不容易的，为了降低难度不妨采取“他山之石可以攻玉”“照猫画虎”之策略。当前开始流行的“仿生学”大概就是这类思路。例如模仿海滩红树林造就咸水稻，模仿屎壳郎鞘翅研制不沾泥的犁铧，模仿鲸鱼研制深潜器，模仿壁虎掉尾再生研究再生医学，“为什么切掉了头部的蟑螂还能再活七天?”生物界、大自然给我们人类提供了无尽的启示和答案。邝先生通过《仿生学》这样一讲，同学们就不觉得创新没有“抓手”了。

进入21世纪以来，邝先生不再担任学院领导职务，他虽已退休仍协助汪懋华院士承担国家精确农业科研课题，并开设相关课程。在编著高校交流教材《精确农业》的基础上，出版了国内首部专著《精确农业基础》，将人工智能高新技术与创新思想应用到我国大农业（种植业、养殖业和加工业）与农业工程中，强调运用3S技术（即遥感、全球定位和地理信息技术）以及实时智能控制等高新技术，因地制宜、因时制宜、因物制宜，精准实施，提升农业效率和效益。在汪院士的关怀和亲自指导下，中国农业大学与河北农业大学联合举办了“精确（细）农业教育研讨会”，推动了我国数字农业高等教育的开展。

邝先生应邀以专家身份，参加中国工程院专项咨询“中国农业机械化发展战略研究”并提出了建议，参与了实地考察研讨和咨询报告的起草。

二、学科发展与人才培养贡献

邝先生自1959年开始任教至2016年离开讲台，计执教58年。除讲授制图、金工、公差等技术基础课之外，还开设了多门本科生、研究生专业课程以及公共选修课。包括修理学、机器故障诊断学、人工智能原理、模糊数学、创新学、仿生学、智能控制、精确农业、防灾与救助、航空与航天、兵器与谋略等。

除授课之外，邝先生始终抓紧专著、教材和学科体系的建设。自1974年至2012年，编著和主编教材及专著11部计438万字，参编3部约10万字。先后开创性地提出了5门课程的学科体系架构:《设备诊断工程》1997年,《机器维修工程学》1999年,《精确农业基础》1999年,《创新学》2003年,《仿生学》2004年等，其学术思想均处于相应领域的前沿地位。

他所开设的课程涉及面极广，紧随时代潮流。邝先生作为一名农业机械化专业的本科毕业生，为能够将知识正确无误地传授给学生，持续不断地学习“充电”，完善知识结构。这也体现了他本人以学为乐、探索创新的精神，可以说达到了“活到老、学到老、乐到老”的境界。

邝先生在学科发展尤其是研究生学科建设上贡献显著。1986年，他领衔申请农业机械化硕士学位授权点，在兄弟院校特别是汪院士大力支持下取得成功，使得河北农业大学成为河北省第一批具有工学硕士学位授予权的高校。随后在多年的不断努力下，于2003年，他领衔申请农业机械化工程博士学位点并成功获得批准。在他的协助下，河北农业大学获准建立农业工程一级学科博士点，为以后河北农业大学设立众多工科二级学科博士点奠定了基础。后人应铭记邝先生为河北农业大学工科建设做出的贡献。

自20世纪80年代以来，邝先生亲自指导了50多名硕士生和多名博士生。他的硕士毕业生中有多名继续深造获得了博士学位。例如滕桂法、刘刚、杨世凤、刘凤琴、高小英、李书全、邝继双以及我本人。目前，很多学生成为国际或国内高校知名教授、博导或在知名大公司担任重要职位。

在河北农业大学机电学院担任院长期间，邝先生培养了一批年轻的学科带头人和学术骨干，如滕桂法、马跃进、杨庆、张建华、蒋文科、刘淑霞、赵树朋、刘书华、王爱茹等皆是其中杰出代表，有的担任了院长、博导等职务。

三、传承导师精神

从1985年入学至1995年出国，我在河北农业大学学习与工作了10年半时间。有幸师从邝先生，从1989年4月起跟随他做毕业设计到之后的6年半时间里，他不仅在我的学习和工作上予以指导，也对我的生活殷切关心与照顾。更重要的是，他严谨认真的科学态度、实事求是的工作作风，为我树立了的榜样，深刻影响着我随后的人生历程。他培养了我对人工智能与高新科技的兴趣，培养了我刻苦认真的工作作风，培养了我任劳任怨、实事求是的处世态度以及公私分明的品德。这些优秀的品质使我终身受益，指引着我不断努力完善自己。1997年我赴皇家墨尔本大学攻读博士，取得了博士学位后于2000年至新西兰惠灵顿维多利亚大学担任讲师，2004年升任高级讲师（该校实行英制，相当于北美副教授），2007年主管研究生工作，2008年晋升教授，自2011年起担任计算机科学首席教授，2012年担任工程与计算机学院副院长，从2014年担任工学部副部长（主管科研与创新）兼管理学部、工学部及建筑与设计学部国际研究事务，并于2017年当选新西兰皇家科学院院士。同时我也担任IEEE国际进化计算、创新技术、智能系统及应用等多个人工智能领域的技术委员会主席及知名国际学报杂志副主编，担任多个国际学术会议主席。在新西兰惠灵顿维多利亚大学领导一个40人的以进化计算与机器学习为主题的人工智能研究团队，并与中国科学院、南京大学以及华为公司等中国众多产学研机构开展合作。所谓“授人以鱼不如授人以渔”，我深感一名优秀的老师对一代甚至几代学人的深远影响。我常以此自勉，勇于担当，努力把邝先生的宝贵精神传承下去。

邝先生的《回忆录》中收集了很多珍贵照片，包括很多我们学生时代的合影。看到那么多熟悉的面孔，还有自己当年青涩的模样，勾起我对母校和那段学生时光的美好回忆。我和爱人高小英都是邝先生的学生，我比她高一届，正是在攻读硕士期间，我们一起读书，相识相知相惜，后来都毕业留校最终成家。因此说邝先生既是我们的恩师，也是我们的“月老”。

邝先生毕生追求理想、探索、创新与实践，为我国农业人工智能、计算机农业应用等高新技术及创新体系的建立与发展做出了贡献，投身教育事业为母校河北农业大学学科建设贡献了毕生精力，为社会培养了一批优秀人才，留下了可贵的学术成果和精神财富。他年届八旬仍然笔耕不辍，推出这本《回忆录》以飨读者，真是可喜可贺!

新西兰皇家科学院院士　张孟杰

2018年4月于新西兰首都惠灵顿

目　　录

一　寻根

我家祖籍在广东省南海县（今南海区）大沥镇奇槎管理区东村。1882年祖父留美回国后从广东北上，奔忙在京津唐张一带北方各铁路工地，最后举家定居天津。我出生在天津，在北京农业机械化学院上大学，1959年毕业后一直在保定河北农业大学工作。20世纪末为寻根去过广东省，得知南海县现在划为广州市的一个区，找到了县志“按图索骥”来到了现佛山市区以北的大沥镇。

大沥镇位于县境中部偏北，面积79.36平方公里，有自然村134个，人口95 589人。镇城区旧称大沥圩，距县城9.05公里，镇沿圩名，镇人民政府驻地。镇城区设办事处，辖居民委员会7个；农村设管理区19个，辖村民委员会161个。雅瑶水道、佛山水道流经镇境汇入珠江，有150吨级的货运码头。广州—镇江、广州—海安、冲表—四角围（花县今花都区）、桂城—江夏等公路和广佛高速公路，广三茂铁路均从境内经过，设有立交桥、车站等交通设施。道路交通以大沥圩为中心呈放射状分布，是陆路进入广州、佛山的重要门户。当地商业贸易在历史上已有一定规模，明成化年间（1465—1487年）大沥圩已具雏形；崇祯年间（1628—1643年）又形成扶南圩、大范圩、水头市、青龙市、三元市等圩市。现在的大沥圩，已成为广州、佛山及临近县市农副产品、工业品的大型贸易集散地，逐步形成了蔬菜、畜禽、水产品、百货、服装等专业市场，批零兼营，现货期货结合，同时带动了饮食、旅游、交通运输、房地产业的发展。

祖籍东村（自然村）属于奇槎管理区，位于大沥镇的东南隅。

管理区	自然村		村委(居委)会	
	总数	名称	总数	名称
谢边	8	东义　石桥头　谢边 横滘　西滘　白泥坎 良边(梁边)　瓜步汛	8	东义　石桥头　谢边 横滘　西滘　白泥 良边　反步
太坪(太平)	9	草塘(塘基头)　石步塘 冲表　北海　白界　西村 水边(包括木寮)　雷边　九谭	9	草塘　石步　冲表 北海　白界　西村 水边　雷边　九潭
水头	12	罗村　蛇龙　梁边　镇头 潘村　谭边　龙溪　义龙 涌口　陈村　水头关 雄边(曹合)	13	罗村　蛇龙南　蛇龙业 梁边　镇头　潘村 谭边　龙溪　义龙 涌口　陈村　水头关　雄边
奇槎	11	邝边　仇边　勒边　勒竹口 铺前　占村　上村　东村 奇槎　罗田　洛溪	12	邝边　仇边　勒边　勒竹口 铺前　占村　上一　上二 东村　奇槎　罗田　洛溪
高边	5	张边　朗心　六溪(六步水) 高边　璜溪(小璜泥)	6	张边北　张边南　朗心 高边　六溪　璜溪
兴贤	12	兴贤　乔木(桥龙头) 增街　文行(岗头里) 基口(登基口)　中心堂 阳(羊)栏　珠背岗(珠岗) 围脚(包括镇阳、镇二) 五一(面前岗)　五二(牛庙) 五三(香树脚)	15	南约　中药　乔木 增街　文行　基口 心堂　上北　下北 珠岗　镇阳　镇二 五一　五二　五三
谭边	2	谭边　信丰(水边园)	5	群星　联星　信丰 永生　星光
横岗	4	横岗　旋湾　嫩茶　马洞	5	横岗　旋湾　嫩南 嫩北　马洞
颜峰(大圃)	7	聚龙(解放)　大圃　宁溪 丹邱(赤坎)　岐山(一村) 仙溪(新溪)　小洞	8	聚龙　丹邱　上街 人和　泗和　岐山 仙溪　小洞
镇城区			7	大沥居委　大范居委 大圃居委　雅瑶居委 水头居委　太坪居委 大镇居委

二　祖、父辈（前辈）

（一）祖父——邝景扬

邝景扬（1863—1930年）又名邝景阳、邝孙谋，字星池，英文名Kwong King Yang，广东省南海县人，是中国第一代铁路工程师。

祖父幼年家境贫寒，祖上为谋求家族出头，虽然难以割舍，也只好狠心立下“生死状”，冒险送子远赴异国他乡留学。当年广东省类似情况家庭不在少数。祖父属于清政府派出的第三批留美幼童，13岁来到美国后，从1877年至1880年先在马萨诸塞州伊斯特汉普顿的威利斯顿神学院（Williston Seminary）读预科，而后于1880年进入美国麻省理工学院（系首批中国留学生），加入了应于1884年毕业的班级，但中途于1882年未及毕业即遵照清政府之命集体辍学回国。

1882年至1886年，邝景扬在唐山的开平矿务局担任总助理。1886年唐胥铁路脱离开平煤矿，另组开平铁路公司，邝乃在该公司任帮工程司，参与唐胥铁路向芦台展筑工程。1887年，开平铁路公司迁到天津，更名为中国铁路公司，并将唐山至芦台间的铁路延伸到塘沽和天津。1888年，邝景扬向中国铁路公司总办伍廷芳推荐了同乡同学詹天佑。随后詹天佑应邀到中国铁路公司任帮工程

图2-1　祖父邝景扬（1863—1930年）

图2-2　祖母梁孟廉（1869—1953年）

司，开始了其辉煌的铁路生涯。

1901年至1903年，邝景扬到株萍铁路担任助理工程师。1903年至1905年，回到京奉铁路担任驻段工程师。1905年清政府决定派詹天佑主持修筑京张铁路，并宣布一个洋人也不用，其时邝景扬以工务段工程师身份跟随詹天佑赴京张铁路工地，参加了勘测设计及前期施工。1906年秋，詹天佑推荐邝景扬出任粤汉铁路总工程师。1909年京张铁路通车后，线路又向绥远展筑，所以直到1911年，詹天佑才到广东出任粤汉铁路总工程师，而邝景扬则返回北方接任京张、张绥铁路（后改称京绥铁路）总工程师直到1916年。邝景扬1917年至1919年，任津浦铁路总工程师；1920年至1921年，任京绥铁路和京汉铁路主管；1921年至1922年，担任京绥铁路总工程师以及京汉铁路顾问工程师。1922年5月，退休。

图2-3　中华铁路总监孙中山（居中坐者）邝景扬（二排左一站立者）

邝景扬曾获得多项奖章和学会头衔。1912年12月，获五等嘉禾章；1913年11月，获四等文虎章；1915年3月，获四等嘉禾章；1917年12月，获三等嘉禾章；1921年2月，获四等宝光嘉禾章。1916年至1918年，詹天佑任交通部技监、中华工程师学会会长。邝景扬任中华工程师学会副会长及中美工程师协会会长。1919年，詹天佑病逝，邝景扬接任中华工程师学会会长。

祖父担任总工程师多年，月薪基本上为1500银圆，住房、水、电都由局方免费提供，另备有一节私人专用车厢随时可以挂入列车组出行。按说积薪多年应该颇有家底，但因不善理财难以保值以致家道中落。

祖父母育有一女两男，姑妈邝用良、伯父邝宝常和父亲邝体乾。谭真与邝用良结婚是为我的姑丈。

图2-4　宣统三年（1911年）商办广东粤汉铁路公司摄于佛山
詹天佑（前坐右四）　邝孙谋（前坐右五）

图2-5　中华工程师学会会长邝景扬（居中坐执手杖者）

图2-6　中美工程师联谊会 邝景扬（居中坐者）

图2-7　祖父和祖母

图2-8　表伯父梁伯藩（铁路工程师）和表伯母

图2-9　左起一排奶奶、爸爸、爷爷、姑妈、姑丈（谭真）

图2-10　伯父邝宝常（英年早逝）

图2-11　伯父毕业于美国康奈尔大学

图2-12　姑妈邝用良（1896—1957年）、姑丈谭真（1899—1976年）

图2-13　后排右起：爸爸邝体乾、姑妈邝用良、姑丈谭真、七表哥梁秉林、六表哥梁秉彝
前排右起：奶奶梁孟廉、黄老太、表伯母黄慕贞、十一表哥梁秉铎
幼儿右起：本人邝朴生、哥哥邝雨生、姐姐邝蕙生

六、七、十一表哥年幼时期几乎全都住在我家（天津），直到1948年梁氏举家搬迁到北京西四砖塔胡同。

大表哥梁秉智1915年7月出生，中共党员，1937年在辅仁大学物理系三年肄业后留学美国，曾到福特汽车工厂实习，1939年在美国普度大学机械系获工学学士学位。回国后历任技术员、工程师、副厂长以及铁道部科学研究院所属铁道部标准计量研究所研究员。表伯父时常称赞大表哥自幼聪明心细，儿时痴迷火车头（蒸汽机车停放处离家不远）只有七八岁的他，能判断出眼前静止的火车头一旦启动，将是前行还是后退。即便一般铁路人员若不留心观察是回答不上来的。(关键在于要看蒸汽机某根杆件处在哪个位置。)

六表哥、七表哥都毕业于天津达仁学院会计专业，终身从事会计工作。十一表哥在中国矿业大学学习（创建初期校址在河南焦作，而后迁到北京北郊正式命名为“中国矿业学院”），毕业后从事采矿场设计、开采、安保工作以及相关教学和科研，退休后回北京养老。

（二）姑丈——谭真

1946年，谭真应聘塘沽新港工程局总工程师，后提升为副局长兼总工程师，主管新港的建设；1948年底，南京国民政府拟将在新港工作的工程技术人员撤往台湾，电令谭真率队撤离塘沽，并备好飞机等候。但谭真目睹国民党政治腐败，毅然拒绝电令，决心留在新港。在他的影响下，一大批工程技术人员也都留下来，迎接解放。谭的举动在当时引起了新港各界的很大震动。

中华人民共和国成立后，谭真继续担任总工程师，主持塘沽新港的扩建和改建工作。1954年，谭真亲率筑港大军建设广东湛江港。只用不到两年时间，将一座万吨级深水海港建成投产。鉴于他功绩卓著，自1954年起，连续当选第一、二、三届全国人大代表。1959年被任命为交通部副部长，在工作中得到各级领导的充分信任和支持，曾受到毛泽东、周恩来、刘少奇等党和国家领导人的接见和勉励。1962年，参与审议“国家十二年科技发展规划”，并主持制定了交通部科技发展规划。他还亲自主持交通部所属大专院校的教材编审工作。谭真对学术工作十分重视，曾担任中国土木工程学会、中国建筑学会和中国水利学会的副理事长，积极组织和推动国际、国内的学术交流活动，提高了本学科的学术理论水平。

在“文革”运动中，虽然受到冲击和不公正待遇，但谭真仍然潜心技术工作，把对他的批判置之度外，坚信党和政府会给出正确的结论。

1976年姑丈不幸病逝，举行了隆重的追悼大会，对其一生给予了高度评价。

姑丈谭真平易近人，同工人交谈、讨论难题攻关办法，不以总工程师身份自居，和许多老师傅成了好朋友。姑丈常说，与工人师傅们交流受益匪浅。例如，姑丈很佩服某个老水暖工总结的一句话“水暖怕汽，汽暖怕水”。意思是水暖系统如果热流不通，极有可能是在管路局部高起处存在气泡阻止了暖水通过——发生了汽锁，对策是在最高处装上排气阀排气；如果汽暖系统热流不通，极有可能是在局部低洼处存有冷凝水阻止了暖汽通过——发生了水阻，对策是在最低处装上排水管排水。一句话捅破了窗户纸，解决了业内老大难问题。

谭真个人简历

1899年9月26日　生于广东省中山县（今中山市）。

1913—1917年　唐山交通大学读书。

1917—1919年　美国麻省理工学院研究生院读书获硕士学位。

1928—1929年　天津北洋大学教授兼秘书长。

1928—1929年　天津河北工学院机械系教授。

1929—1930年　天津整理海河委员会正工程师。

1931—1932年　唐山交通大学水利工程系教授。

1935—1945年　天津谭真工程师事务所经理。

1940—1941年　天津工商学院教授。

1945—1946年　天津海河工程局顾问。

1946—1948年　塘沽新港工程局总工程师。

1949—1952年　交通部新港工程局总工程师。

1953年　交通部航务工程总局工程公司副经理兼总工程师。

1954—1957年　广东湛江港务局副局长兼总工程师。

1958年　交通部航务建设总局总工程师。

1958—1959年8月　交通部技术局总工程师。

1959年8月—1976年　交通部副部长。

谭真主要成就

（作者：秘书 丁荣生）

港口工程建设成效卓著

谭真是我国筑港工程奠基人之一，为筑港事业呕心沥血，我国不少大中型港口的新建、扩建和改建工程，都是在他亲自组织领导下实施的。他的足迹踏遍不少港口和筑港工地，航务工程界的许多技术人员和职工都受过他的指导。谭真虽身为副部长，但大家都尊敬地仍称他为“我们的谭老总”。无论在塘沽新港、湛江港的建设，还是上海、大连等老港的扩建改造工程中，许多技术难题，都是在谭真的亲自主持下研究解决的。为国家节省了大笔资金，提高工效几倍以至几十倍，缩短了工期。他的典型成果如下：

1. 塘沽新港的码头仓库改造工作采用新工艺

20世纪40年代，我国一穷二白，筑港工程也很落后，有些港口依赖荷兰筑港公司来包建。我国几乎没有专门的筑港队伍，施工机械和设备非常简陋。在这种情况下，要完成新港二码头装煤机、一码头仓库、3000吨级船闸和3000吨级干船坞的新建、扩建、改建工程，任务十分繁重和艰巨。但在谭真主持下顺利地完成了工程任务。他亲自指导设计施工的新港三座大跨径钢桁架仓库，这在当时来说是一项很先进的技术。几十年来，这座建筑物，一直使用良好，并经受了1976年唐山大地震的考验。

2. 新港一码头扩建工程采用“穿针引线”法水下施工成功

1950年，中央人民政府根据国家建设需要，决定将新港一座5000吨级码头扩建为万吨级深水码头，并浚深航道。党和政府将这一重任交给谭真去完成。改建一座码头在一定程度上比新建一座码头技术还要复杂，加上受当时施工设备的限制，施工力量严重不足，而国家又急需一座万吨级码头，如新建一座万吨码头，不仅资金困难，建设周期还长。谭真欣然接受了扩建码头的任务。新港一码头，原系一座钢板桩码头，要扩建为一座万吨级码头，必须在水下增加一根锚锭拉杆，拉杆需固定于后方仓库下的锚锭桩辟。施工时，不建围埝，不动仓库，需水下施工。穿钢筋的精度要求高。谭真以自己丰富的经验组织施工人员经过多次周密研究，决定采用“穿针引线”法，即在码头前沿水下穿入新的拉杆，采用导向措施，穿至后方锚锭处，结果达到预期要求。这一施工方案，大大缩短了工期，1952年码头竣工投产。“穿针引线”法施工新工艺的一举成功，轰动了全国筑港界，被认为是非常了不起的创举。

在修补新港防波堤的工程中，谭真又提出采用混凝土圆筒代替混凝土方块以节约大量水泥。他还在混凝土冻溶和耐海水侵蚀等方面作了很多研究工作，在增强海工混凝土质量上取得可喜成果。

3. 湛江港建设采用“钢桩冲捣法”先进施工方法

1954年，国家决定在广东湛江投资兴建我国第一座现代化深水大港，这个大港完全由我国自行设计和施工。这项任务又落到谭真的肩上，交通部任命他为湛江港的副局长兼总工程师。对谭真来说，困难不少，他30多年没有离开过天津，他的夫人又有病在身，他只身远离天津去湛江要完全改变他的生活环境，给他带来诸多不便。但作为一个爱国工程技术人员，终于盼到我国依靠自己的力量，独立自主地兴建我国第一座现代化深水大港，谭真受到莫大鼓舞。他认为生活上的不便和一些困难算不了什么，而国家建设是重中之重的大事，他毫不犹疑地背起行装率领筑港大军奔赴湛江。他初到湛江时，工地是一片海滩，一切都得白手起家。在50年代初，我国真正的筑港队伍刚刚组建，施工力量十分薄弱，施工设备陈旧落后，尤其是缺乏大型起吊和打桩设备。而工期要求又十分紧迫。按设计要求因当时还没有预应力混凝土，码头结构采用高桩方案（40厘米×40厘米的混凝土桩）。由于湛江港的地质条件十分恶劣和桩的强度不足，加上受打桩设备的限制，难以按设计要求组织施工。谭真针对这些问题经过周密思考，提出“钢桩冲捣法”的先进施工方法，很快解决了700多米长的打桩问题。与此同时，为避免在钢桩冲捣时码头前沿土坡滑动，谭真决定采用当地的珊瑚礁轻型材料作回填料，大大减轻棱体重量，减少码头位移。这样，整个湛江港建设，采用经他提出的新技术和先进施工方法，为国家创造了大量财富，而且新技术迅速推广到其他筑港工地。湛江港从1954年开始施工准备，1955年正式开工，1956年底就建成投产。一座大型现代化万吨级海港，以如此惊人的速度建成，实为一件非常了不起的大事，大长了中国人的志气，这与谭真的呕心沥血是分不开的。该港的建设同时也造就了一大批筑港大军。

4. 为张华滨码头解决了大面积位移问题

1965年，上海张华滨码头由于没有严格按照设计规定进行生产管理，码头面超负荷堆载，致使码头大面积位移。不少钢筋混凝土桩出现裂缝和发生断裂，危及安全，面临停产危险。面对这一严重情况，主管工程的谭真副部长和筑港专家，亲自到上海张华滨码头现场蹲点，组织科研、设计人员并会同同济大学的教授、专家和工程技术人员共同研究对策，寻求切实可行的补救措施。当时，不少专家认为只有码头停产，才能修复，不然施工与生产相互干扰问题无法解决。也有人提出，按土坡滑动理论，需要在码头后方打一排钢板桩，切断滑动面，但这样做工程量大，修补费用高，而且也要停产才能修复。还有的专家主张采取码头减载措施，降低码头使用等级。谭真细心听取各方面意见后，他不顾年老体弱，以专家身份带领一批科技人员在闷热的夏天乘着小艇钻到码头底下查看码头损坏情况，并且一根桩一根桩地检查裂缝发生部位情况。经过仔细分析研究认为：可以在码头照常作业的情况下，进行码头加固。他从力学的角度分析，决定在码头的关键部位加打斜桩，结果仅用了两个多月的时间，使码头修复工作取得了成功，不仅使码头作业未受影响，而且为国家节省了大笔资金。港务当局对此非常满意。

谭真在张华滨码头蹲点期间，针对在软土地基上打桩，如何不使土坡滑动和保护桩的强度等问题，提出压桩的办法。这种施工方法比打桩优越得多，因压桩方法不产生噪声，所以特别适用于城市。经过反复试验，压桩法成功达到技术要求。这一打桩革新成果被城建部门采用。在青岛二码头、广州黄埔和海南八所、秀英等港口的改建和扩建中，经谭真组织研究提出的新技术、新工艺数以千计，绝大多数被采用，取得了巨大的经济效益。

5. 航道治理和回淤研究取得的成果

谭真重视科学研究工作，在50年代末列入国家重点项目的长江口航道治理和塘沽新港回淤的研究中，他组织国内科研、设计人员及大专院校的有关专家、教授，在十分艰苦的条件下开展研究工作。他在工作中总是身先士卒，在实验设备不足时他发动大家想办法解决。如含沙量取样，他提出用酱油瓶子来替代，得到满意的结果。在长江口，江面宽阔河势复杂，像这样的江段，要获得准确的水位资料，在当时的设备条件下，是不容易办到的。他面对这一困难情况，组织有关部门租用一百多艘木帆船，按规定的布点进行同步测量来取得第一手水位资料。结果花钱不多且效果很好，这些可贵的经验，为今天的新港和长江口航道治理奠定了基础。

谭真不仅是我国筑港和航道治理专家，对其他一些工程，只要向他求教，他总是满腔热忱地予以帮助解决。如60年代天津塘沽碱厂遇到扩建厂房危及老厂房的难题，当时的化工部副部长侯德榜，向谭真登门求教。谭真对资料进行了仔细分析研究，提出了使原厂房不受影响的扩建工程方案。根据谭真的方案进行施工进展顺利，侯德榜对谭真的高超技术十分钦佩。

谭真为人正直，平易近人，在技术工作中，造诣很深。他的最大特点是：思想不守旧，接受新事物快，思路开阔、敏捷，善于钻研。他对待技术工作严肃认真，实事求是，从来不文过饰非，在技术面前不讲情面，凡和他接触过的人，都被谭真的高贵品德所感动。谭真毕生解决了许多重大工程技术问题，他的一生为我国的筑港和航道治理事业，树立了一座丰碑，是我们学习的楷模。

谭真生前虽然没有著作，但在实际的技术工作中，经他主持解决的工程技术问题，为国家创造的业绩无异于一部传世巨著。

（三）父亲——邝体乾

我的父亲邝体乾1907年在天津出生，天津南开大学文学系肄业，清华大学法律专业毕业。母亲梁淑瑶1914年在上海出生，婚后移居天津。

祖父晚年不善保值理财，工薪积蓄日渐流失，到了父辈仍然不得其法。大学毕业后，父亲私人开了个小型证券交易所，即股票行“新彬号”（只有四名雇员，其中两人是我的表哥）。后来某某雇员“携款失踪”，结果经营不赚反赔。特别是遭遇1948年“金圆券大灾难”的毁灭性打击，资产所剩无几。

1948春天，我刚上新亚小学五年级，学校拒收流行的法币（已遭贬值如同废纸），而且学费一周三涨没法记账，只好核收“实物学费”——小麦面粉。记得9岁的我帮助妈妈推着儿童小车，装上一袋（将近50斤）兵船牌上等面粉，走了大约一里地送到学校，负责收费的老师用手指尖粘了点儿面粉放在嘴里细品了一下，连声说道可以可以，于是过秤记账，这样一学期的学费就算交齐了。

国民政府声称金圆券和真金白银等值，民间所藏有的金银必须拿出来“卖给”政府换取金圆券（实为废纸），否则就算违法，由此搜刮了大陆民众无数金银财富成船成船地运往台湾。面临国统区经济崩溃，父亲只得另找出路，由于曾在清华法律系毕业，就想挂牌经营律师事务所糊口，但身处乱局鲜有人光顾。

父母膝下有我们兄弟姐妹五人，大哥邝雨生、姐姐邝蕙生（幼年早逝）、我邝朴生、弟弟邝关生和妹妹邝梅玲。

父母把“己所不欲，勿施于人”“温良恭俭让”“知足常乐”这些古语奉为家训。唯一希望子女一生平安，别惹事，老老实实待人处事，保持低调切忌张扬。仅此而已，不敢有子孙成龙之奢望。这也是他们自己平凡一生的真实写照。

图2-14　父亲邝体乾、祖母梁孟廉

图2-15　父亲邝体乾（1907—1980年）

图2-16　母亲梁淑瑶（1914—1989年）

三　童年

我们兄弟姐妹一共五人，哥哥雨生、姐姐蕙生（幼年早逝）、我朴生、弟弟关生、妹妹梅玲。

哥哥邝雨生1934年7月31日生于天津，就读新亚小学——天津耀华中学，1951年高考考入军委测绘学院（沈阳）。正值“抗美援朝”算作参军入伍，两年后随该学院迁到北京北郊花园路测绘学院现址，次年因病被送到北京西郊亚洲学生疗养院休养，1955年退学回天津家中继续养病。1960年考入北京大学地球物理系气象专业就读，由于自幼酷爱无线电，到上大学时技术堪称精湛，受邀负责北大全校有线广播电台技术工作，备受称赞。终因病而退学，1964年户口由北京转回天津。在天津胜利无线电元件厂当技术工人，负责小型双联可变电容器等名牌产品的质量检测，埋头苦干亲自研制了多种监测仪器，不断改进工艺，严格坚持出厂标准，保持了产品良好的声誉直到退休。2009年8月30日在天津病逝，享年75岁。

弟弟邝关生1940年生于天津，就读于新亚小学——天津第六十中学——唐山矿业学院。1962年大学本科毕业，先后在长春吉林黄金设计院和吉林通钢机械厂（公主岭）任职直至高级工程师，2000年退休。目前住在公主岭。邝关生与付秀琴育有长子邝富春和女儿邝富珍（延边医学院毕业，公主岭市中

图3-1　哥哥邝雨生游颐和园

心医院内科医生）。

妹妹邝梅玲1942年生于天津，先后就读于新亚小学——天津女中——河北邮电师范学院（石家庄）数学专业，精于学业成绩优秀。1964年本科毕业，被分配到河北省定兴县姚村中学当教师，先是参加“四清”，随后在“文革”中无端备受冲击，回到天津。

2016年末，惦念妹妹健康状况，我和二儿邝亚双到天津看望，顺便故地重游，去我儿时就读的新亚小学（后来的长沙路小学——目前的幼儿园）和居住过的胡同看看并留影。

我1955年加入了共青团，毕业于天津六十中学。该校前身曾是天津工商学院附中，后改为天津津沽大学附中，后又改为天津师院附中（只招男生）。学校原址位于天津马场道与河北路交叉处，后来附中与大学部彻底脱离（中学部好几位名师都调到大学部了），1954年迁至天津干部俱乐部旁边丁字坑附近现址，最终称为第六十中学，名气与实力均大不如前。

图3-2　我与弟弟邝关生、妹妹邝梅玲于天津水上公园

图3-3　2016年我和妹妹重访
天津新亚小学原址（现改为幼儿园）

图3-4　2016年我和妹妹
重访天津旧居（门外）

图3-5　天津师院附中5501班同学　邝朴生（第二排右起第五）

图3-6　天津津沽大学附属中学原址

图3-7 津沽附中、师院附中、实验中学五五届毕业生
毕业五十周年部分同学聚会留念（1955—2005年）

2005年毕业五十周年聚会，共出席26人：黄敬之、陈静宜、轩荫华、赵崇仁、王厚雄、张宝群、张振宇、张景宇、钱树德、赵子亨、姜永英、郭全为、韩维桓、籍键、籍锵、纪钜儒、秦世昌、李春元、王兆玉、赵尔祯、王之佑、郑宝珉、黄成贵、张诗伯、张鸿鹏、张述礼。

四　上大学

我于1955年考入北京农业机械化学院农业机械化专业。农机学院地处八大学院（北京医学院、北京航空学院、北京地质学院、北京矿业学院、北京石油学院、北京外语学院、北京林学院、北京农业机械化学院）区域的东北角。入学录取通知书上写着的“双泉堡”地址很多北京人都没听说过。从西城区新街口站开出的公共汽车只能到达北太平庄政法学院、测绘学院一带，距北农机剩下的十多里地只能“自行解决”。

农机化专业同年级共有450名新生，因人数太多，限于教室（园厅）的容量，就分为甲、乙两个班联。我是全年级年龄最小的一个，被编入乙班联5915班。入学以后赶上了“肃反”“整风‘反右’”“大跃进”“除四害”“大炼钢铁”等一系列群众运动（全国高校都是如此）。

在校大部分时间我都住在“民主楼”，同一间宿舍的有马宝祥、陈泰声、徐训亮、孟传学，还有老大哥杨兆麟（调干生）。女生都住在“民主楼”顶层，后来搬到新建的“共青楼”（最后该楼被拆，改扩好几倍建为“公主楼”）。

记得“大炼钢铁”期间，北农机发生了一次惊心动魄的大爆炸。位于民主楼北边不远的一座化铁炉，同学上料时不小心误把一颗生锈的炮弹混入废铁料中，随之投入烈火炉膛，其后果可想而知。从此，北农机吸取教训再没发生类似事件。当时炼出的“产品”乃是黢黑的一团混合物叫作“炒钢”，毫无用处。

“除四害”就是要大搞卫生，消灭老鼠、苍蝇、蚊子和麻雀。灭鼠无疑是首要任务，各班级同学无不争先恐后誓夺红旗，我们班得知通县（今通州区）双桥农场藏有无数老鼠，于是农机化5915班“班三角”（班长、班主席、团支书）决定全班倾巢而出，骑自行车远征双桥。找到农场存放麦秸的大草垛（足有三四层居民楼那样高大），全班人马把它团团围住，一边除去外围的麦秸一边高声喊叫，吓得堆中老鼠都往里钻，如此层层剥皮，老鼠最终被困在核心遭到全歼。于是，大家割下鼠尾，“得胜回朝”，在各班评比中，我们班以鼠尾最多拿到红旗。高兴之余却遭到“冷水淋头”，领导说除四害首要目的是搞好本单位本地区的卫生，跑到数十里之外去灭农田鼠，不是鼓励的大方向。此后大家都注重在校园里灭鼠，使之近乎绝迹。

这最后一项任务消灭麻雀最难完成，于是八大学院全民动员敢想敢干，师生员工齐上阵，不停地敲锣打鼓敲盆呐喊吓得麻雀漫天飞舞总是不敢落地（树）休息，最终成群累死，当然了人们也累得够呛。后来经鸟类专家论证认为，麻雀以吃害虫为主应该算作益鸟，不宜扑杀，应予以“平反”，这才作罢，把四害“第四名”改为跳蚤或者臭虫。和蟑螂有些类似，臭虫无孔不入而且生命力极强，它咬得你昼夜不得安宁，对人的直接危害极大，人们无不恨之入骨。但当时并未能除根，直到20世纪60年代初采用整楼农药熏蒸法才彻底解决了此虫害。

说老实话，除四害爱国卫生运动有些“劳民伤财”（有极端者甚至逐个拆下暖气包彻底清理），但也确实改善了环境，显著降低了传染病发病率。

1958年，全国农业院校响应毛主席、党中央的号召下放劳动。我们5915班遵照学校的安排，与同年级别的班抽出的少数同学组成混合的“第16班”，下放到本校实习工厂修理车间修理拖拉机。在下厂后期，白天干活晚上老师给补专业课（汽车拖拉机修理学、农机运用学等）。通过一年多的劳动和学习，虽然成天工作服沾满油污浑身柴油味，可是我对农机的兴趣日渐浓厚收获很大，下放劳动结束时，我获得了学校颁发的四级修理技工证书。下放劳动期间，受到修理教研室主任杨申老师、陈光中老师（心灵手巧无所不通，同学们都称他“超级工程师”）、陈斯洁老师等人及刘嘉富、叶惠臻、苏俊山、曹华贤等多位老师傅的悉心指导和谆谆教诲，以及在厂上届学长和本届同学的热心帮助，其情其景终生难忘。

1959年夏末秋初之际，下放到外地的大批同学陆续回校，在校领导的引导下，开展了全校大辩论“下放劳动究竟是得不偿失，还是相反，抑或得失相当?”最终达到了消除消极情绪、端正态度的目的。

个人经历的几件趣事不妨记录下来：

北农机修理车间以外空场上，多年停放着一台老爷拖拉机C-80，又名斯大林-80型拖拉机。我们渴望让它动起来——决心动手修好它。当它的启动机（两缸汽油机）运转起来的时候，同学们齐声欢呼，但在与主发动机挂接后它立即熄火（憋灭了），主机一声没吭纹丝没动，再试几次仍旧如此。把主机拆开，大家惊异地发现粗大的连杆是严重弯曲的（其实几年前早就弯了），卡在汽缸壁上，怪不得曲轴转不动了。

如今我国已进入汽车时代，遇到城市内涝水淹汽车后，如果盲目启动，因气缸内进了水（具有不可压缩性）活塞强制上行，连杆受力超限失稳变弯，保险公司往往拒绝赔付，这种事不足为怪。但是当年，人们很纳闷“气缸上部哪来的水呢?”。原来C-80主机的排气管管口垂直向上而且没设防水帽，当年不知是哪一位朋友用一块砖临时盖在上面挡雨，且不知何时砖块掉落，雨水灌入使然。后来，我们在赵秀仪和瞿名扬两位老师的指导下把它修复了，这是后话。后来北农机跟在京多数机关以及大学一样，搬往四川，这台C-80就运到保定送给了河北农大。

师傅时常念叨“修理匠拆了装，宁可丢不能忘；丢了还能配，忘了没法想”，要求我们把不熟悉的结构及时用笔、纸记下来。有一次大修捷克热托25拖拉机发动机（ZETOR-25很特别，机体、曲轴箱、油底壳是铸成一体的，以增强刚度），当向发动机机体装回曲轴与连杆时，同学们真犯了难，无论如何也装不进去，忘记原来是怎么把它们拆出来的（没顾得上记录），直到叶惠臻师傅来手把手教才解决了。高号保养或修理，需要进行东方红–54拖拉机中央传动锥形齿轮位置调整，对照现场经验的印痕法与机械原理课堂上讲的原理，想来很有些意思。修理实践中不得不考虑到齿牙、滚柱、座圈的磨损和主动轴的变形等复杂现象，应该如何补偿如何操作，绝非教科书上说的那么单纯理想。

下放劳动中遇到的技术难题真不少，例如经过高频淬火的气缸套内壁坚硬得很，镗削时刀头磨损很快，光洁度和锥度都超标；曲轴轴颈槽中镀铬往往形成“花脸”，仪洁和谭玉芳老师的电镀课固然精彩，可是我们电化学基础太差，领会不了多少。（直到装甲兵工程学院领先推出了刷镀技术，才算彻底解决这项工艺难题）；再就是叫人极为头疼的柴油机运转“大喘气”问题，人们变着法子在调速器上做文章，什么加减垫片啦、换装软硬弹簧啦、调整齿条位置啦，总之缺乏自动控制理论指导，盲目性很强，碰不对付就束手无策（直到同学姚茂莲等人经过长期实践和理论探索才得以彻底解决）。刘嘉富老师傅教给了我们一些行业窍门绝招，用来应付紧急情况。比如发动机漏水就往水箱里倒入老醋，使缝隙处迅速生锈堵塞而止漏；又如遇到活塞（环）缸筒磨损间隙过大漏气，发动机无力，可从排气管倒入面粉把间隙临时糊住马力就上来了；曲轴瓦内面磨损使得间隙过大，不得已时临时可在瓦背面垫上纸片应急。他还警告说，这些点子不许用在大修上忽悠客户。

当时，在大修匈牙利出产的DT–413拖拉机发动机的时候，还差点儿造成一起“错案”。这台发动机组装后在台架试车时，主电机拖动运转没多久就发出很大声响，只见前面的风扇再也不转了。大拆之后，大家惊奇发现曲轴与飞轮之间联接的六个螺栓齐刷刷地全部断开！于是就怀疑装配者某同学“故意搞破坏”，追查不已。后来深入研究DT–413的资料，始知那种螺栓属于特制的等强度螺栓，其细腰是为了避免应力集中，但只能装用一次，否则很难保证可靠

图4-1　共青团北京农业机械化学院5915支部全体毕业照
左起后排：赵世玮、孟宪治、王育德、方善堃、周从钜
中排：马春兰、蒲钟山、陈宝瑛、陈泰声、马宝祥、邝朴生
前排：李玉琮、金毓玢、周赛平、徐兆妁、陈正芳、徐守钦

性。大家对此原来毫不知情，当年国内也根本找不到这种备用新螺栓，只能沿用旧品。虽说责任清楚了，怀疑解除了，但对那位同学的伤害实在太深，至今仍难以释怀。

大跃进时期，国家在北农机校园举办了大规模的全国农机具革新展览会，主会场设在大礼堂里，露天机具演示则在南农场松林宫水池旁，我的讲解员岗位就在那里，主要讲解项目有小型水电站、异步电动机加上电容器改成发电机、水击扬水器等。参观盛况空前，天天人山人海，讲解时我有幸先后遇到彭老总和越南主席胡志明，他们都很平易近人。一机部通用机械研究所的王昌庆

图4-2 5915班毕业前夕合影于天安门广场
左起前排：赵世玮、徐训亮、陈宝瑛、蒲钟山、马春兰、王月珍、刘瑞英
中排：刘福元、杨兆麟、徐兆妁、周赛平、徐守钦、李玉琮、陈正芳、金毓玢
后排：魏立信、邝朴生、马宝祥、孟传学、徐光弟、陈泰声、王育德、孟宪治、袁秩美、周从钜

图4-3 当年的北京农机学院正门，现在的中国农业大学东区旁门

图4-4　2009年（毕业50周年）返校聚会民主楼前　邝朴生（后排左四）

工程师（当时不知道他就是河北农大农机系制图教研组组长张瑛老师的丈夫）时常过来给我们鼓劲和解惑答疑。

当年我国完全按照苏联模式运行计划经济，大学毕业生全由国家统一按需分配，填写“工作志愿”时都写“服从分配”无人例外，到时候报到上岗干活即可，不像如今“自谋职业”那么操心费力。

重返母校

毕业50年后，返校聚会，目睹母校北农机“天翻地覆”般的变化，非常惊喜。母校成为中国农业大学东校区，进入了211院校行列。校园里几乎盖满了高楼大厦，特别是在2008年之前北京筹备举办奥运会期间，建校工程突飞猛进。教职员工居住条件大为改善，少数仍住老旧房子的得到相当优惠的补偿，皆大欢喜。相比之下河北农大新建住宅楼也不算少，但是远没有实现公平普惠。

五　参加工作

经过数月补课后完成了教学计划，我们于1959年10月毕业。我们被分到河北的一行人由曹宗杰老大哥（党员，调干生，30来岁）带队，来到天津河北省人事厅，经再分配到保定河北农业大学。于是按规定在同年11月来到保定河北农业大学报到上岗（一同来的还有陈德翰、李天镛二位）。我们到农机水利联合系首先遇到的是武仲主任和李博老师，记得当时暂住北院老招待所，虽然赶上停电当晚摸黑点着蜡烛，他们的热情接待和亲切关怀直到58年后的现在，想起来仍然历历在目，就像刚发生在昨天的一样。第二年即1960年春季，北农机同届第二批来报到的有崔继绂、崔宏禾、田振祥、任立选四位。(后来李天镛调到唐山开平中学后又到北京中国农机研究院，陈德翰去了香港后又到加拿大，崔继绂调到石家庄农机局，任立选调到天津轻工业学院（后改称天津科技大学）。剩下崔宏禾、田振祥和我，当年来保定的七人中仅我们三人留下至今）。

1959年底初到河北农大时，恰逢“三年困难时期”之始，乍到平房居住，面对取暖的蜂窝煤炉实在手足无措，这种煤炉很难生火且极易熄灭，经常搞得屋冷烟呛。多亏陆备、赵德熊、乐秀梅等老师手把手地教我，这才慢慢地入了门。1960年河北农大大搞“双革”运动——技术革命和工具革新。我奉命参加了遥控拖拉机的研制，该项目校系领导都很重视。无线电和电气方面由屠述麟

图5-1 赶山羊上树——勉为其难

老师牵头，液压和机械方面由徐瑞书老师负责。我具体参考了《知识就是力量》这本中译苏联杂志上的文章，试制了电磁铁控制液压阀总成。大家经过了数月日夜不停鏖战，以东方红－54为基础的遥控拖拉机样车总算完成。在公安局无线电台备案后，试车基本顺利（有一次试车，因保险开关的拉线被风吹飘没能及时抓住，拖拉机险些撞倒操场上的足球门，好在有惊无险），该项目成功在校内外引起了不小的轰动。后来我参加了赵秀仪老师领导的遥控自动底盘研制项目，受到了更为广泛具体的指导和实际锻炼。

我名为四年制本科毕业，还获得了四级鉴定修理工资格，实则基础不牢所学有限，立即投入高等学校教学，犹如俗话所说“赶鸭子上架”，或者真的要山羊上树！看来不进修“充电”还真是不行。

由于河北农大教学的需要，我被安排回母校进修修理学（1960—1961年）。先是到校修理车间实习（当时由瞿名扬老师任厂长），临时借住在同学郭爱民的房子里，后来搬到“新北楼学生宿舍”。为了满足将来讲课之需，后改上教研室进修，杨芳老师、南京农学院的洪清池老师（他曾任专家翻译，精通俄语，对我帮助很大）担任我的导师。

当时，我们几个进修教师对陈立教授的课几乎到了着迷的程度，反复多次听课体会他的精妙语言和缜密逻辑。后来我受命进修互换性与技术测量，反复观摩学习柏胤庆老师的讲课艺术时也有同感。那时修理教研室气氛十分融洽和活跃，陈立教授也没有架子，和大家总是说说笑笑。向他求教，他总是特别耐心讲解。他治学严谨孜孜不倦，积累了大量资料卡片，言传身教培养了一代机械修理学人才。进修期间，陈光中、瞿名扬、杨申、李象、仪洁、吴嘉先、杨芳、谭玉芳等多位老师对我们也都给予了很大帮助。

完成进修返校后，在赵秀仪、孙辅江、陈德志等老师指导下，我开始了修理学教学实践，并且与张瑛老师合作开设“公差”课。

与此同时，我被聘为农机系科研秘书。

六 “文革”期间

经过“三面红旗”“反右倾”“三年困难时期”等运动的洗礼之后，河北农大与全国一样，情况逐步好转。保定地委书记李悦农提出要在农村开展“四清”运动，受到中央领导的重视，很快该运动在全国普遍展开。“四清”扫尾尚未结束，史无前例的无产阶级“文化大革命”就轰轰烈烈地发动起来了。河北农业大学可以称得起由“文斗”转到“武斗”的先锋。印象最深的是1967年“6・23事件”和1968年“5・9事件”。

据悉（当时我没在场）1967年6月23日那天，农大造反派红卫兵串联建筑公司“敢死公社”等社会人员，包围农机楼，采取“声西击东”的战术攻入楼中，用棍棒（冷兵器）当场打死勾锡坤等四名女生，打伤者难以计数，引起河北乃至华北广大地区民情震动与恐慌。1968年5月9日，校外武装人员（攻守双方均持热兵器：步枪、机枪、手榴弹）以“声南击北”的战术企图攻占农大校园，并未得逞。双方都有伤亡，人数无从统计。

从此之后，农大师生员工大量外出，校内空旷。

我从母校北农机进修结束，回到河北农大农机系修理教研室，在赵秀仪老师（1952年毕业于金陵大学农业工程系）指导下开始讲课和带实验。大家花大力气建设修理实验室（车间）。修理教研室的同事还有王树华（政治指导员）、

图6-1 修理教研室同仁

前排右起：赵秀仪、张建华、王树华、侯宗涛、马玉香、申玉增
后排右起：苏尚华、邝朴生

张建华、侯宗涛（教师）、苏尚华、申玉增、马玉香（实验员）。修理车间的有张素艳、李光霞、赵玉林、苑增、贾志义、姜亚珍等几位修理工。

复课闹革命时农机系开始招收工农兵学员，在此期间，北农机瞿名扬老师来到河北农大农机系修理教研室指导教学和实习工作。

“文化大革命”时期，中央号召“复课闹革命”，当时河北省农机管理局正要组织拖拉机驾驶员和修理技工全面培训，要求河北农大农机系牵头组织编写教材，其中之一就是《拖拉机修理》，参加编写的还有河北农机校和遵化、涿县农机修造厂等单位。以其油印初稿为主在河北省昌黎农校开了全省训练班。

图6-2　北农机瞿名扬老师来到河北农大指导工作

赵秀仪、瞿名扬、邝朴生、工农兵学员王艳芳、曹文虎、魏占堂、郭荫排

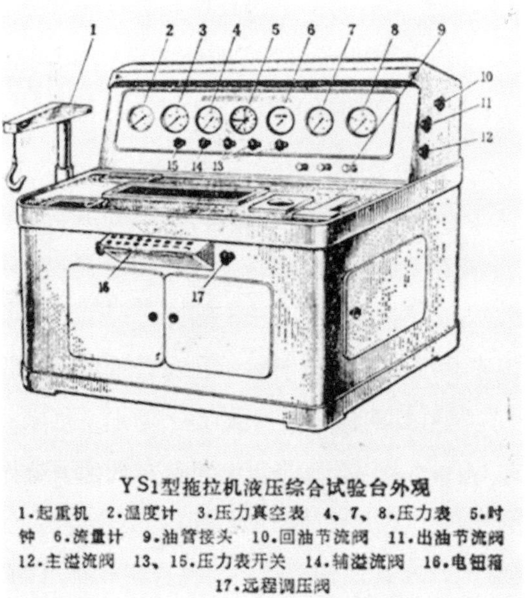

图6-3　YS1型拖拉机液压综合试验台外观图

此后，省农机局出资由我和农机校陈德志老师负责修订全书，铅印30 000册，除用作本省培训和两校教材外，还邮寄交流遍及各省农机系统部门和院校，此举引起国内同行的广泛关注。（后来农业部组织编写高校统编教材，根据河北农大教务长王祖武的报告推荐我担任修理学主编。）北京出版社1979年以《拖拉机修理》为基础出版了《拖拉机修理技术——发动机部分》。

当时国内拖拉机的液压悬挂机构，为分置式和提升器式两种且具体型号繁多，急需相应的检测设备。因此，国家农林部修配局马镜波总工程师亲自抓办的18种重要修理工装里就有拖拉机通用液压试验台一项。当时瞿名扬老师来到河北农大农机系与赵秀仪老师合作指导教学，组织铸铁冷焊培训班，修复了搁置多年的重型拖拉机斯大林-80，并积极向农林部修配局请战。接到液压试验

图6-4 大普校友返校师生于农机楼前合影（邝朴生 二排右六）

台任务后，我作为主持人率领在学的工农兵学员到清苑县农机修造厂，利用生产实习的机会厂系结合，开展了研制，双方领导都很重视。技术员、工人师傅和师生互相学习团结奋战，不分昼夜，经无数次探索、改进终于在不到一年时间里完成了YS1型拖拉机液压综合试验台的研制，样机顺利通过了农林部组织的鉴定验收，继而生产了50多台，武装了各省修造厂。1978年该项目荣获河北省科技大会奖。

1975年，河北农大农机系遵照省委指示——“农业大学要学习朝阳农学院经验，搬到农村去”，迁往昌黎农校参与组建华北农业大学唐山分校。期间，我们又开展了第二代液压试验台的研制，与上述第一代不同的是，增加了机床液压件的测试功能，故取名TYS型。在与校实习工厂和昌黎农机修造厂通力合作下，完成了部分进度时，不料遇到1976年7月28日唐山大地震，项目组职工、师生强忍失去亲人的悲痛，在地震棚里克服重重困难，坚持完成了样机试制，通过了省级鉴定并获省级奖。

图6-5　TYS型通用液压试验台样机在昌黎华北农业大学农机工厂试制

图6-6　TYS型通用液压试验台设计小组地震后坚持工作（右起：郑界如、邝朴生、佟玲、刘继贤）

参加TYS试验台研制的教师还有陈福生、陈启发等人。

图6-7　在昌黎的部分老师们
前排左起：邝朴生、宋永昌、崔宏禾
后排右起：武恩存、武仲

七　访问学者

改革开放以来各高等院校贯彻中央精神，大力引进人才和派出留学。河北农大教务处孙德才处长三年三上农业部，争取公派访问学者指标。前两年（次）我校内部候选者均未达标，指标作废。最后一次如果再不达标则不再给河

图7-1　美国流体动力研究中心FPRC 全封闭实验室外观

图7-2　与FPRC设备合影

图7-3　与FPRC设备合影

北农大指标了。不得已，只好公开选拔。

我是在中学学的英语，成绩一般，到了大学改学俄语，大跃进以后停学外语，到了“文革”后期可以说忘记得一干二净。只得从头补课，每天跟着电视台学。后经过外语教研室梁一雄老师面对面精心辅导，他夫人郑淑德和我夫人刘玉琴打印学习材料供我学习。由于记忆力不佳，我抛开筒子楼的家独自搬到农机楼去住（全由刘玉琴操持家务，她还得上课），室内贴满了“英文生词大字报”以加强记忆。为弥补听力和口语能力的不足，外语教研室曹晖老师介绍我们（杨庆、郝勤宗和我）三人到石家庄河北师大外教班训练了三个月。后来陈启发夫人赵美玲介绍我去河北大学口语班学了一期。总之，费了九牛二虎之力我才及了格。1983年，经农业部在江苏省农科院公开考试选拔，河北农大教师巩富、陈伯鸣和我获得农业部公派赴美访问学者资格。

当年农机系领导和校党委勇于担当，（曾有人以己之心度人，说某某出国之后不回来怎么办？由谁负责！），层层审批终于同意派出，随后办妥各种手续。

次年，我前往美国流体动力研究中心FPRC（设在美国俄克拉荷马州立大学内），师从国际著名液压权威FPRC中心主任费奇博士（Dr.Fitch），合作研究液压系统诊断方面课题，侧重模糊诊断等方向。1985年圆满结束，按期回国。

在美国研究期间，我的五篇学术论文被美国BFPR学报录用并发表。

成果1：液压系统故障诊断的模糊逻辑方法之二：模糊关系矩阵法

在多因导致多果的复杂故障情况下，通常采用因果关系矩阵法。就是把现场故障现象（结果）作为首列，把可能的各种起因作为首行，形成因果关系矩阵框架（方格表），每个方格里填写的数值就代表对应行列事件的因果关系之密切程度。例如数值为1（100%）就说明该项起因绝对肯定，即完全确认；如为0，则说明完全没有关系，即完全否定；若为0.3，说明三成肯定七成否定……传统的矩阵元素取值来自大数据统计，表明可能性大小（概率）。这种方法往往不问机理实质，存在不可避免的某些盲目性。模糊关系矩阵则采用模糊集合的方法，深入到事物概念的外延边界（从属函数取值表达）。它可以对具有某些小概率因果关系但机制上却完全肯定者，赋予很高取值，从而避免了漏判错判。比如，狂犬病虽是小概率事件，然而一旦病人表现恐水则可百分之百肯定为该病无疑。

成果2：液压系统故障诊断的模糊逻辑方法之三：修正模糊关系矩阵的自教学程序

模糊关系矩阵的应用是否有效，关键在于其元素取值是否恰当，而初始设值肯定不够理想，需要逐步修正。方法是在初始值的基础上选择适当增减值（步长），然后以修正后数值试探运行，看其结果对比实际情况尚有多大差距，再决定修正多少个循环，反复训练直到满意。上述训练（自我教学）过程可以利用编好的计算机程序自动进行。

成果3：液压系统故障诊断的模糊逻辑方法之四：模糊原理应用

鉴于故障的复杂性，诊断往往始终伴随着不确定性，所谓软计算数学则可能适用。软计算不外乎概率论和模糊数学两大分支，前者早为人们所熟悉，不必多说。简言之，概率论是讨论事情发生与否的可能性，而模糊数学的模糊子

Fluid Power Research Center

85-408

20 August 1985

关于五篇学术论文在美国BFPR学报上发表的通知

Professor P. S. Kuang
Department of Agriculture Machinery
Agricultural University of Hebei
Baoding, Hebei
CHINA

Dear Professor Kuang:

Enclosed are copies of the following papers which are being published in the BFPR Journal, Volume 19, which is currently at the printer's:

1. Fuzzy Logic Approach to Hydraulic System Diagnostics and Troubleshooting -- Part 2: Fuzzy Relational Matrix Method

2. Ibid -- Part 3: Self Teaching Program for Manipulating a Fuzzy Relational Matrix

3. Ibid -- Part 4: Fuzzy Theory Applications

4. Ibid -- Part 5: Fuzzy Clustering for Machine Diagnosis

5. Ibid -- Part 6: Failure Oriented Math Approach -- A Review

Payments are being processed as you indicated in your letter.

Thank you for your help in making our journal a success. Please give our regards to our friends from China.

Sincerely,

Karen J. Culton

Karen J. Culton (Mrs.)
Administrative Director

pt

Encs: Listed Above

Oklahoma State University, Stillwater, Oklahoma 74078, (405) 624-7375

图7-4　在美国研究期间，本人五篇学术论文被美国BFPR学报录用并且发表的通知函

集则是讨论事物概念的边界（外延）。比如说“发动机乏力”，这说法本身就是概念不够清晰的，人们会问，怎样才算“乏力、严重乏力、不太乏力、有点乏力”，修理工会领会这种普遍流行语言的含义，然而如何量化运算、如何实现电算化？美国数学家扎德提出的模糊子集理论，解决了所遇事物属于某种概念之程度的量化问题，形成了软计算与传统数学之间的联系桥梁。我们可以借助它方便地沿用传统数学的成果来解决疑难问题。

成果4：液压系统故障诊断的模糊逻辑方法之五：机器诊断的模糊聚类法

人们时常面对故障的因果关系机理搞不清楚，如何诊断？如何排除故障？除了统计法（黑箱法）之外，较为常用的尚有相似法。就是广泛查找先前“病例”，力图找到与当前状况（病情）最为相近的（当然完全一致的最好），然后仿照先前成功先例的诊疗措施行事，或许能够解决问题。这样问题就归结为，如何在诸多病例中找到最为相似者。模糊聚类算法就很适合。

成果5：液压系统故障诊断的模糊逻辑方法之六：故障运算的数学途径

美国学者在20世纪60年代提出了故障树方法，不但解决了火箭的复杂诊断问题，而且可以早在设备设计阶段，预先找出将要发生的可能故障加以预防。该方法受到业界广泛采用。当然以二值逻辑沿着故障树上下推理不会有障碍，但是往往显得过于粗糙，距离实际情况相差过远，必须引入概率论和模糊数学，推理结果才能更切合实际。

可以认为，故障树是功能树的反映（逻辑倒影），但两者都属于白箱类数学模型，如果不通晓设备各个组成部分的功能和相互制约机制，“树”就肯定画不出来。不知道机理还不得不寻找起因以排除故障，这种情形很常见，只得求助于黑箱数学模型（概率统计）和相似类比包括聚类方法（常言道，照猫画虎）。手中掌握多种多样的非传统数学工具，应对纷繁的故障诊断难题不至于束手无策，进而能够实现诊断电算化、自动化。

美国FPRC中心主任费奇博士致函河北农大陶学郁校长，提出在我的研究成果的基础上，双方共同向美国科学院申请立项，以便继续深入合作研究。

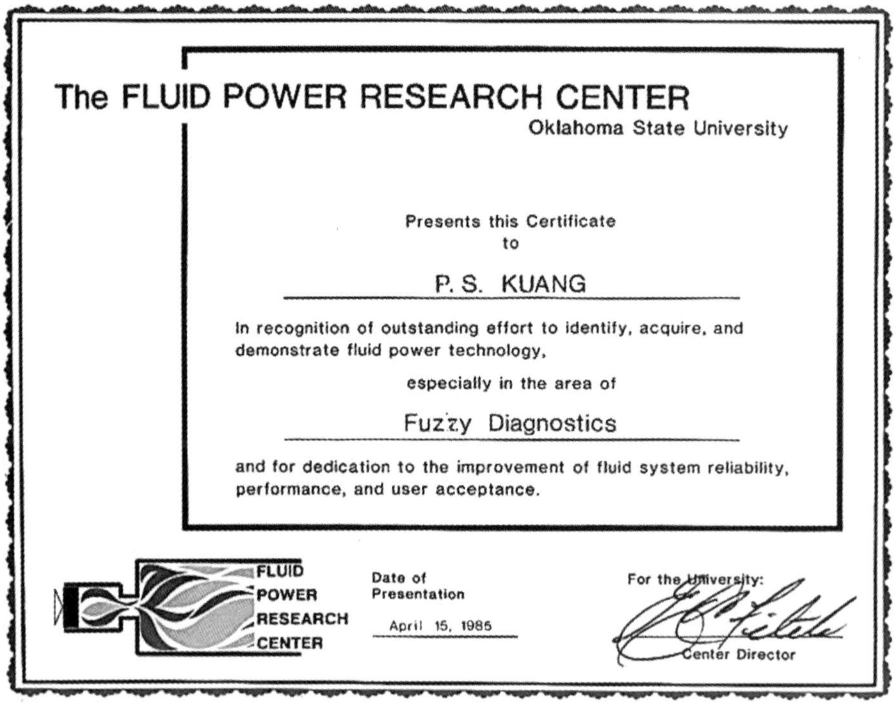

The FLUID POWER RESEARCH CENTER
Oklahoma State University

Presents this Certificate
to

P. S. KUANG

In recognition of outstanding effort to identify, acquire, and demonstrate fluid power technology,

especially in the area of

Fuzzy Diagnostics

and for dedication to the improvement of fluid system reliability, performance, and user acceptance.

FLUID POWER RESEARCH CENTER

Date of Presentation
April 15, 1985

For the University:
Center Director

图7-5 FPRC 合作研究成果证书

美国FPRC中心主任费奇博士来函及译文如下：

遵照陶校长的指示，去了几个有关部门（科研处、省科委、中国农机研究院）办理合作研究事宜，都行不通。答复的基本意思是“不具备与美国国家科学基金会NSF相对应的机构资质”“从来没办过这种业务，无从着手”。

拖了数月，没法给费奇博士复信，此事不了了之，遗憾至极！

俄克拉荷马州立大学堪称国际性高等学府，各国留学生、访问学者云集，其中以华人为最。合影中的男士基本上分别租住在两处旧民居里，房租很便宜，单间每月不超过100美元（包括水电费），校内宿舍太贵住不起。所租房屋里有煤气灶、电冰箱、盥洗间，轮流公用有条不紊。

85-223

美国流体动力研究中心主任菲奇博士（教授）致函河北农业大学校长陶学郁教授，评价邝朴生在彼访问期间的工作，并提出两国间合作研究。

7 May 1985

Professor Tao Shye Yu
President
Agricultural University of Hebei
Baoding, Hebei
China

Dear Professor Yu:

We have had the good fortune of having Pusheng Kuang this past year as a Visiting Scholar at the Fluid Power Research Center. Based on our experience with over 30 outstanding scholars from the People's Republic of China during the past four years, we feel qualified to make some critical comments.

Because of his intense desire to work in the area of Fuzzy Mathematics and a particular focus on tribological (lubrication and hydraulic) system diagnostics, Professor Kuang came to us with previous expertise and well prepared to pursue his goal. He demonstrated his advanced level of knowledge in several ways:

- Reviewed and digested every published document written on Fuzzy Mathematics Theory throughout the United States, Europe and Asia.
- Wrote algorithms for diagnosing hydraulic failures and developed a diagnostic software package for the microcomputer.
- Wrote five technical papers on Fuzzy Mathematics and submitted them to the editors of the BFPR Journal for international publication and distribution in September, 1985.
- Conducted a nationwide library search on tribological machine diagnostics and proceeded to write a manuscript for a text in this area.

Needless to say, we are very impressed with Professor Kuang, and we were sorry to see him leave. He is indeed a credit to China and to his profession.

Professor Yu, we would like to explore the opportunity of continuing to work with Professor Kuang in order to develop a more rigorous set of diagnostic algorithms for tribomechanical systems. It seems that this is a natural matchup, since he has an unusually good grasp of Fuzzy Mathematics and we have an in-depth knowledge of tribology and machine failure modes and symptoms. In addition, I have a strong research and academic background in fluid logic and thus can appreciate what Professor Kuang has to offer.

Oklahoma State University, Stillwater, Oklahoma 74078, (405) 624-7375

图7–6（1）　美国FPRC中心主任费奇博士来函（1）

Professor Yu – China
85-223 – 7 May 1985
Page 2

If you are in agreement, I would like to apply for a travel grant with our National Science Foundation (NSF) to allow me to go to China and help prepare a cooperative proposal in which Professor Kuang and I could continue to work together on Fuzzy Logic Diagnostics for Tribological Systems. I have had similar programs with scientists in other countries – Romania, Hungary, and Bulgaria. I am sure there is a counterpart agency in China comparable to our NSF that can help us get such a program approved – for example, the Ministry of Education, Beijing, The People's Republic of China.

If I obtain a travel grant to visit China, I will try to make it effective for a period in October, 1985, or wait until April, 1986. Please let me hear from you if you are receptive to having Professor Kuang cooperate with the Fluid Power Research Center at Oklahoma State University.

Respectfully,

E. C. Fitch
Professor & Director

kc

Research Center
Oklahoma State University
Stillwater, Oklahoma 74078

Professor Tao Shye Yu
President
Agricultural University of Hebei
Baoding, Hebei
China

4203

图7–6（2） 美国FPRC中心主任费奇博士来函（2）

美国俄克拉马州立大学流体动力研究中心主任费奇博士致河北农业大学校长陶学郁教授的信件（译文）　1985、5、7

河北农业大学校长　　陶教授：

我们有幸在过去的一年中与访问学者邝朴生在流体动力研究中心进行合作。我们在过去四年中曾先后与卅多位来自中华人民共和国的杰出学者共事，因此感到有资格发表一些评论意见。

由于邝教授在模糊数学领域尤其是在摩擦学（润滑与液压）系统诊断方面具有强烈的工作愿望，他带着已有的经验到研究中心并且准备就绪去争取实现他的目标。他在以下各方面显示了高深的知识水平：

述评了在美国、欧洲和亚洲发表的模糊数学原理方面的论文与资料

编写了液压故障诊断的算法并发展了相应的微机程序包

撰写了五篇模糊数学方面的论文并已提交BFPR杂志的编辑，将在1985年9月作国际性发表

负责全国维修统编教材的编写工作并着手编写机器诊断学

不用说，邝教授给我们留下了很深刻的印象，对于他的离去，我们深为惋惜。他确实是中国和他的事业引以为荣的。

陶教授，我们乐于寻求一个机会与邝教授共事以便发展整套更为完备的用于摩擦机械系统的诊断算法。似乎这是一种天然的巧合

图7–7（1）　美国FPRC中心主任费奇博士来函中译本（1）

匹配：他已经非同寻常地掌握了模糊数学，而我方则对摩擦磨损，机械故障模式与症状具有深入的了解。此外，我本人在流体逻辑方面有着透彻的研究以及深厚的科学知识基础，因而能够赏鉴和了解邝教授所提出的学术观点。

如果您同意的话，我将向（美国）国家科学基金会（NSF）申请访华旅费，使我能到中国在“摩擦系统模糊逻辑诊断”方面，协助拟定一个共同研究计划与邝教授继续合作下去。我曾经与其他国家（如罗马尼亚匈牙利和保加利亚）的科学家有过类似的合作经历。我肯定在中国一定会有与美国NSF相对应的机构能够促成这个合作研究计划获得批准。如果我得到访华旅费，就打算在85年10月或86年4月访华。如果您同意邝教授与流体动力研究中心合作的话，请通知我本人。

费奇 博士、教授、主任

一九八五年五月七日

图7-7（2） 美国FPRC中心主任费奇博士来函中译本（2）

图7-8　美国俄克拉荷马州立大学（OSU）的部分中国访问学者
前排：许仰曾（右三）、张佼（右五）
后排：邝朴生（左三）、王启丁（左四）、区荣富（右二）、武祥淦（右一）

照片中站在后排最左边的那位男士（很抱歉名字记不清了）是大受欢迎的义务理发师。街面上理发店最低价男士8美元，消费不起。

访问学者中许仰曾是上海人，来自甘肃工大，为人很热情，我刚到时就是他接待的，住在同室。他时常领着我到处“认认门”，办手续帮了大忙。有一次他眼睛疼痛难忍找到校医院（当然是西医）几次也不见好，无奈之际，我拿出带去的保定产牛黄上清丸给他试试。他从未吃过中药大蜜丸，于是半信半疑服下几颗，没过两天竟然完全好了，领略到中药如此神奇。

许仰曾于1984年在美国芝加哥第四十届流体传动与控制大会上，与FPRC的洪博士共同发表了学术论文《液压大系统仿真的性能参数法》。1990年，获得我国自然科学基金项目与各方面的支持，进一步研究使该理论方法完整形成且实施成功，得以冠名为许氏液压元件与系统的模块式建模法。最近接到他的来信，久别惊喜叙旧之后，我们又往来通信讨论了他的新立项——许氏建模法

图7-9 OSU的几位中国访问学者在休息室
邝朴生、农学教授、武祥淦、化学教授、区荣富

的反向应用，该方法与人工智能技术相结合力图建立普适自动诊断系统。

当年我和许仰曾奉杨申老师（时任机械工业部农机局处长）之命考察美国旧汽车回收翻新的具体做法。我们到福特汽车翻新厂仔细参观访问了解详情，汇报回国内。后来因为国情不同，我国决定不搞翻新。

王启丁是机械工业部起重机械研究所研究员，他们单位一度就坐落在农机学院西教室楼。我出国之前就和他（以及华中工学院李壮云老师）多次通信请教FPRC的情况和有关规章制度，心里有了底，做好了充分准备，届时才能够快速出成果、出论文。

区荣富来自华南工学院，年轻，身体很棒，英语熟练，费奇主任安排他接受我的指导，学习模糊诊断理论及方法。我们曾去通用汽车总装厂参观访问总装车间，装配线长达24英里（约38千米），厂房全封闭没有窗户，全靠空调和电灯，当时我们很惊讶，现在在国内也算不上有多么突出。

武祥淦，河北人，是我们中间最活跃的一位，见面熟，乐于助人，被戏称“二爷”，当时已在该校生物实验室多年（边学习边打工），对校情无所不知。

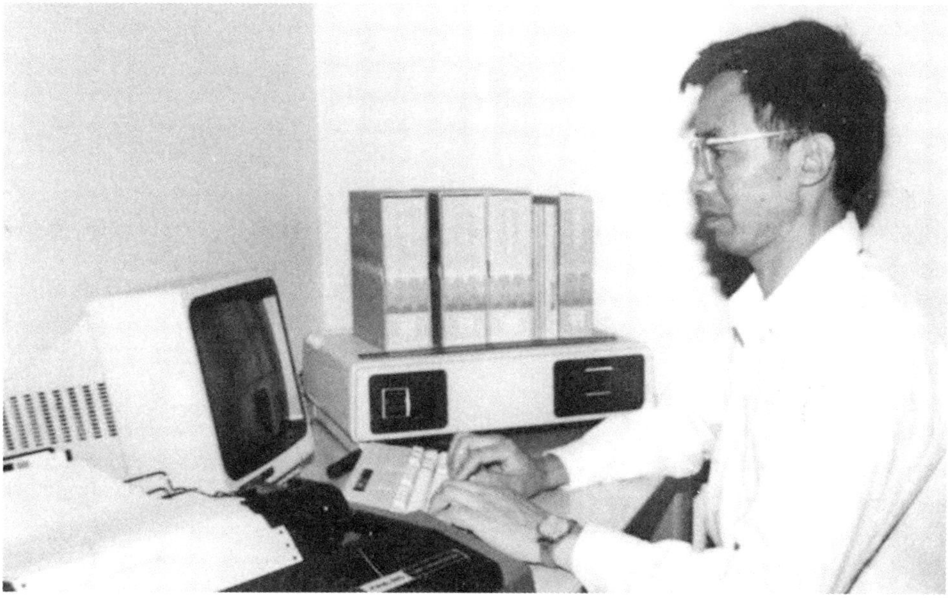

图7–10 上机编程

图7–11 参观州立大学生物质燃料研究实验室，利用甜高粱之类作物的全株经发酵处理制成燃料油 邝朴生（左一）、王启丁（右一）

八　建设机电学院

1984—1985年我作为公派访问学者赴美访问学习，后按期回国。1987年初被聘为教授，1988年始任机电系主任（院长），接任时真有泰山压顶的惶恐。

深知唯有紧紧依靠校系党委的正确领导和广大教职工、学生的大力支持，我和总支书记孙玉清同志互相尊重配合默契，一碗水端平组建领导班子，力排众议不拘一格支持常务副主任苏尚华同志（河北省农机学校毕业）的工作。事实证明，苏尚华的工作非常出色。（苏尚华后来先后调任校工会副主席、食品系总支书记、后勤处长等职务。）孙玉清同志不幸病逝后，和我共事的系总支书记先后有赵国勋、赵永起、龚瑞华和武文生，大家合作愉快。马跃进接任机电学院院长时，校内各系党总支都升格为院党委。后来校党委安排郭振清副书记来机电院指导工作，他作风正派务实“很接地气”，在群众中威信很高，使得系班子的工作面貌焕然一新，大家信心十足。

除日常业务外，我们领导班子着重抓了以下几方面工作：尽力消除“文革”派性残余秉公办事，把教师的精力从派性争斗引导到教学科研的有序竞争上来；在原有骨干教师群体（“文革”前十大讲师：姜言方、田宝栋、赵秀仪、龙如昌、屠述麟、武仲、宋福祥、杨常泰、徐瑞书、孙国祉）基础上努力扩大和提升师资队伍；合并、理顺教研组结构，倡导多学科交叉培育新的学术生长点，成立多个研究室；设立农业电气化本科专业，建立农业机械化硕士点和省重点专业；突破旧框框，引入计算机类新课程，力主机电联合扩展专业门类，与时俱进推向机电一体化，从农机化系变为机电工程系，进而升格为机电工程学院，为以后建立博士点打下基础；鼓励教工彰显特长狠抓科研（如张建华铸铁冷焊；李树春气力输送；籍从智精细工程绘图；马连元精密播种；杨庆、蒋文科人工智能；田振祥、孙维连渗硼；金相试样抛光；宋福祥、刘铁成农业灰色系统工程；武仲、宋永昌、阎庚波、张希良农村能源等等）；鼓励教师著述，积极参与国内外学术活动和生产建设，提升本院系的影响力和知名度；办好三结合基地，强化学生实践能力的培养。不少在原单位具有潜能的教师，来到机电系（学院）都得到发挥才能的机会，放开手脚大干起来，经过努力晋升了教授职称（如蒋文科、刘铁成、李亚敏）。

图8-1　新任院长面临考验，有如泰山石敢当乎

田振祥同志和我都是北农机1959届毕业的，在上学时并不熟悉，仅仅知道他是5907班的团支书。来农大之后，他又去南京农大农机分院进修金属工艺学，回校主讲该课。其科研主攻渗硼工艺，主要成果是玻璃微珠塑料挤出机螺杆渗硼延寿，效果很好，经济效益突出，通过了鉴定，发表了科技论文。

1991年，田振祥申报教授职称，材料报到省评委机电组，当时正巧我担任副组长（正组长是华北电力学院陈彭院长）。按规定所报论文必须登载在已经出版的论文集上，仅仅提供论文将要出版的编辑部证明信则不予承认（不算分）。

得知此情，我马上电话通知系办公室连夜派人去北京的印刷厂取出论文集，直接送到石家庄省评委会评议组（位于石家庄铁道学院后院）。按日程安排，第二天下午最后投票表决，过时不候。次日中午焦急等待之际，农机系办公室汤新年同志满头大汗及时赶到，论文集墨迹未干赶在了投票表决之前呈阅，发挥了关键作用。于是1992年田振祥同志顺利应聘为正教授。享受省厅级保健待遇，并担任校分（住）房委员会多届委员，如愿以偿。

第二年，田振祥和我被派往省农科院出席科研系列高级职称评定，任大评委，临去之前周曰荣副校长嘱托我们，请魏院长支持争取评上研究员。魏以周具备“太行山开发功臣”资格在会上介绍情况，结果顺利通过。

要说发现人才、培植人才农机系也有明显不足，最遗憾的莫过于籍从智同志被阴差阳错耽搁了。农机系出版的好几部教材和专著的插图大都是籍从智精心绘制的，包括我主编的高校统编教材及专著。农业出版社的责任编辑看了送稿之后，对所配插图极为赞美。国家大百科全书主编得知插图出自籍从智之手后极力设法“挖走”，以解决其航空航天大百科全书的高难复杂插图问题，给出的优惠条件是：一、调入大百科全书出版社；二、聘为高级美术师；三、解决全家四口北京户口和子女上学问题。然而人事权握在学校领导手中，当时杜怡斌副校长正在积极争取成立“河北农业大学出版社”。众所周知，出版社缺少高级绘图师是根本不行的。于是，学校决定“不放”，并且答应本校解决职称和户口农转非。后来农大出版社不知为何没建成，籍从智的高级实验师职称指标原来是给下来的，也不知为何又收了上去（后来听说是怕其他中专毕业的实验员有意见）。籍从智无奈留在农大，整天无所事事非常苦闷，再想调去北京，为时已晚。每当想起此事，我都非常内疚和心痛，但也束手无策。

再有，程天良同志精通微电子软硬件理论设计与制作，是我校知名的人才，他和张建华同志是唐山老乡，关系密切。有一天张建华对我说阿良愿意到农机系来搞科研，在原单位没啥事干。当时我立即表示欢迎，但当时还没来得及和系领导班子通报。孰料程天良同志很快就直接到农机楼“报到”（当时我不

图8-2　农机女教工
左起：薄淑贞、王宏杰、刘玉琴、杨秀存、彭淑云

图8-3　2008年河北农业大学机电工程学院建院五十周年校友及校系领导合影
邝朴生（前排右八）

在），程见到系领导班子某同志（尚未知情，非常惊讶），话不投机，很要面子的他愤然离去。后得知此情，我请张建华同志赶快前去解释误会力图挽回，但无望。回想起来，责任在我，工作低效、粗枝大叶错失人才。

图8–4 汪懋华院士（前排右二）光临机电学院

我和马跃进同在修理教研组共事，多年来深知其品德高尚。当时他担任修理实验室主任，那是个需要埋头苦干的差事。每当遇到外出进修、留学、攻读学位的机会他总是让给别人，自己留下来多承担任务。践行“吃苦在先，享乐在后”从不争名夺利，而且业绩优异。他谦虚谨慎，管理能力绰绰有余，口碑甚佳，接任系主任（院长）可以说是众望所归。

马跃进同志现任机电工程学院院长、博导，二级教授、全国优秀教师。在学院建设各方面成绩突出，功不可没。

刘大群上任校长后，较之前任的家长作风截然相反，亲自出马奔波呼吁，全力推进学科建设，唯恐落后于兄弟院校。在校内对待机电学院一视同仁，同样尽力支持。他经常与汪懋华院士沟通，广泛争取支持，成绩突出。

自从有了恩师汪懋华院士的热情关怀和帮助，特别是在其应邀担任机电学院院士院长以来，学院无论学科建设还是教学科研都上了快车道。大家充满了

图8-5 登高方觉世事维艰任重道远
邝朴生、马跃进在泰山顶

上台阶、攀登顶峰的信心。

汪懋华院士简介

汪懋华，广东省兴宁市兴城镇人。1951年兴宁一中毕业后就读于北京农业大学农机系，后经选派考取为留苏预备研究生。1958年10月赴苏联莫斯科农业机械化与电气化学院攻读农业电气化学科研究生学位，1962年6月获苏联技术科学副博士学位。1984年4月至1990年12月，任原中国农业工程大学副校长，1987年7月受聘为教授。1985年至2002年间，先后连任历届国务院学位委员会“农业机械化与农业经济学科评议组”“农业工程学科评议组”成员兼第一召集人。1987年起先后任农业部教学指导委员会委员兼农业工程学科组长、副主任委员，农业部科技委员会常务委员，国家教委科技委学科组成员和“面向21世纪教学内容和课程体系改革顾问组”成员等职。1987年后，任中国农业工程学会常务理事、副理事长、名誉理事长和中国农业机械学会第四、五届副理事长和第六届以后至今各届名誉理事长、中国农学会和原子能农学会常务理事等国内外一系列学术职务。1995年当选为中国工程院院士。

在汪懋华院士大力支持下，我院增设了农业电气化自动化本科及硕士专业；为此后扩展本科专业和硕士点、成功申报博士点打下基础。

我先后协助指导美国俄克拉荷马州立大学和中国农业大学博士生8名，指导本校硕士生50多名。此外，应邀担任答辩委员会主席，主持华北电力大学、河北大学多名研究生毕业论文答辩。

马跃进同志接任院长之后，机电学院群策群力勇攀高峰，进一步申报农业工程一级学科博士学位授权点获得成功，并建成了相应的博士后科研流动站。又陆续增加了机械工程一级学科博士学位授权点、农业机械化博士学位授权点、农业电气化博士学位授权点，此外增加四个硕士学位授权点。与长城汽车公司成功共建长城汽车学院。

课程建设问题

机电学院起源于农业机械化系，其课程体系是从苏联移植过来的，人才培养目标针对着集体农庄、机器拖拉机站和修理厂。强调培养专业性和实用性人才，适合当年苏联国情。虽说中国也必然要走农业机械化道路，但工农业基础、所有制形态、科技文化水平都有很大差别。另外，经过了近半个多世纪的演化，世界现代农业已经发生了前所未有的彻底变革。国内外形势对于苏式传统农业机械化专业教育提出了严峻的挑战，迫使我们不得不重新考虑改革专业培养目标、教学计划和课程体系。总的来说，要适应中国的农业集约化、机械化、现代化乃至信息化、智能化。宏观方面的讨论国内进行过多次，不再重复。这里仅仅回忆河北农大机电学院的一些做法和经历。

首先遇到的问题是，农机系要不要上农业电气化本科专业？

显然，当今不涉及电力电气的单纯机械是根本不存在的，不久大家就取得了共识，在省教委、校领导和汪院士的支持下，成功开设了农业电气化本科专业。

第二个问题是，农机系本科生要不要上计算机课？

如今看来，这是一个不该问的可笑问题，各行各业哪有不用计算机的！但是在当初的确费了很大力气，才把计算机课列入了教学计划。

第三个问题是，农机系本科生要不要学习单片机，要不要开设机电一体化课？

在参观了国际农机展览之后，问题也就有了答案。

第四个问题是，学了自动化之后，要不要学习智能化？

对这个问题往往争论得很厉害，不少教师觉得“智能化是遥不可及的事情，只是个别研究生该学的课程”。然而只要关心越来越多的新闻报道，关于信息农业、数字农业、精确（细）农业的国内外消息不绝于耳。面对即将到来的（今天的在校生毕业时就赶上了）现代农业，我们的高等农业工程教育该怎么办？要给予学生什么新知识、新能力作为投身事业之前的必要充电？

自从我国加入了WTO（世界贸易组织），农业全行业和农产品交易均面临世界性激烈竞争和挑战，国内大量存在的个体农户也必然卷入其中，以相对小规模和落后的水平，难以和发达国家的垄断企业倾销相抗衡。例如大豆、稻米、小麦、糖等大宗农产品，舶来我国的到岸价格竟然低于国内市场价格，严重打击了中国农业发展。以孟山都为代表的种子、化肥、农药、除草剂，以约翰迪尔、万国为首的农业机械装备几乎占据我国各大农业市场，这些装备的维修零件甚至润滑油、液压油都得依赖原厂以天价供应；优质种子也是不得不连年进口，弄不好全都被洋货所绑架，而国内产品则无出路。当今欠发达国家的惨痛教训不可不察。关键在于受害国缺乏创新能力，拿不出新技术、新产品。原因很复杂，但其教育落后跟不上科技革命的步伐，恐怕是最主要的方面。可以说，不论大小农场还是农户都自觉或不自觉地加入了全球农业的奥林匹克竞赛。落后就必遭淘汰，这绝不是危言耸听。

然而从何着手？起初相当一部分教师对于机电学院的课程体系创新的必要性和可行性将信将疑，故而提出了种种疑问。

我们的初步实践是，把上述四个层次问题的答案，纳入到教学计划之中。相当一部分课程是从其他工科专业拿来，经过适当改造，甚至要重新编写教材。这当然需要教师重新学习和备课，花费极大精力。

同时也需要引进人才开发新课。一时新人尚未到位，我们就得加倍努力才能开发新课（对于所引人才来说并非新课）。例如，我给研究生讲的《模糊数学》《数学逻辑》《时间序列分析》《人工智能原理与技术》，给本科生讲的《航空与航天》《兵器与谋略》《人工智能技术》《防灾与救助》等都属于此类情况。

还有不少新课，确实不论对哪个专业来说都是前所未有的，是真正的新课。那就只好从头开始创新：先学习基础知识，搜集资料，构思学科体系，攻克重点难点，编写教材，拟定教学大纲，制作课件，备课，试讲……例如我讲授的《创新学（创新工程）》《仿生学》《精确农业基础》《故障诊断与案情侦破》，就是如此。

改革开放之初，在钱学森院士倡导下，国内盛行学习“三论”，即信息论、系统论、控制论，很有吸引力。经过学习，我感到对于此后学习消化“知识工程”“人工智能”“3S技术”（GPS GIS RS）开阔思路非常有益，基于此编写的教材也井井有条，不至于零乱无序。

课程创新不但要善于发散思维，突破旧框框，舍得花费大力气，还要经得起他人的不理解甚至非议，认准方向坚持到底才会有成效。

曾经出现过一些不太好的现象，不利于课程创新：

因为实行绩效工资制度，往往只统计教师的授课时数来计报酬，而不过问课程深度及难度和备课工作量。显然，开新课是最费精力的，效果事先又难以掌控，很可能“费力不讨好”，不如讲传统老课轻车熟路报酬又多。有的院系广开门路，大量举办各档次培训班、大专班收入颇丰（并不是坏事），教师工作量剧增，忙得不可开交，无暇顾及更多的科研和开新课。

老教师讲老课程多年不变，面临教学计划、课程体系改革，过时的老课可能被淘汰，岂不“英雄无用武之地”，受到“失业”的威胁。

曾一度实行“教学工作量和科研工作量并行计算奖金”的办法，随之引起争论，大部分教师很少涉及科研和创新，因此竭力抬高教学工作同时压低科研创新工作的含金量。这也影响了课程创新的开展。

我认为创新的动力来自三个方面：

其一就是名利驱使，如前面所说种种情况，或说是“物质刺激”“无利不起早”，此外还有“精神鼓励”；总之不外“名、利”两个方面。虽不够高尚，然而完全清除并不现实，只是不应过分。

其二是奉献精神，不图名利一心为社会进步、人民福祉而奋斗。（例如马克思、居里夫人、诺贝尔）

其三出自好奇心，对科学探索有无尽的兴趣乃至“上瘾”，甚至追求真理不惜丢掉生命。（例如哥白尼、伽利略）

对于广大师生群众而言，不应苛求，上述三种动力部分地兼而有之也未尝不可。我始终相信，好奇心和探索精神是人类进步创新的永恒动力。

至于学生“学习动力不足问题”，亦属老生常谈，除了从上述三种动力来寻找根源，还有其他“活思想”，主要是对毕业就业上的不正之风发怨气。“学好数理化，不如有个好爸爸”“拼学不如拼爹”极大地挫伤了学习的积极性。当然这主要是社会风气问题。教师对学生屡屡进行正面教育，往往起不了明显作用。因其所说与现实对不上号，被视为空谈而已。若是社会、某些教师、干部自身风气不正，则其“正面教育”说教适得其反。子曰“听其言而观其行”，学生并不是傻子。由此看来，“身教胜于言教”真是至理名言，德育效果欠佳还有什么可奇怪的呢！若能激发学生对学习、对创新的兴趣，使之发奋上进那就是最成功的教育了。

本人已在我国农口高校率先开设了创新学、仿生学等多门新课。这里先谈谈个人的见解。

首先，要进一步明确课程的总体布局构思。我认为，公选课不但要包括品德、美学、心理学、社会学等方面的教育，而且更要进行思维逻辑方法学（包括创新学）、成才创业、国防教育、安全教育以及高新科技进展介绍等方面的教学，不可偏废。

从上述观点出发，本人自2000年至2016年始终讲授本科生的公选课，面向各专业各年级累计教授学生近两万人次，起到了对课程体系的充实完善作用。

其中，创新教育和成才教育（如“创新学”）已在其他场合讨论，这里不再赘述。

在这里谈谈国防教育，国防教育涵盖了军训、武器装备常识、马克思主义战争观、战争史，并交叉着革命史和爱国主义教育等内容。然而不少高年级在校大学生从来没有摸过甚至没有仔细看过步枪、手榴弹，更不用说飞机大炮了，至于现代高新军事科技更是一无所知。这样下去，对国家来说就是一种隐患，有必要开设相应的公共选修课（如“兵器与谋略”）加以弥补。

说到安全教育，以往主要强调大学生要懂法、守法，积极维护社会安定（这当然非常必要），却往往忽视运用法律武器自我保护、在危急情况下如何与歹徒周旋尽量避免损失等方面的教育，因而大学生被抢、被骗、受侵害的事件时有发生。对于火灾、洪灾、风灾、震灾、空难、海难、车祸、中毒、伤病等恶性事件的预防、避祸、互助、急救的有关知识，也应该是大学生所必须了解的。发达国家（尤其是日本、英国、德国、新加坡）对安全教育历来极为重视，可以说确实做到了“从娃娃抓起”。安全教育，在国内珠江三角洲等发达地区走到了前头。而北方则刚刚起步，抗洪、消防演习也很少举行，而且大多情况是少数人演示多数人旁观；事件发生后，注重表扬英雄（当然必要），而缺乏认真的总结教训、落实有效措施，以至类似事件一再发生（如酿成群死群伤的，公共场合重大火灾、特大交通事故、煤矿瓦斯爆炸等）。这一切无不说明隐患并未远离，安全观念、安全知识的欠缺和安全教育的必要。开设“防灾与救助”课程无疑是对大学生的一种必要的补课（本应在中、小学就完成的教育）。

此外，“人工智能技术”“航空与航天”“仿生学”“故障诊断与案情侦破”等无一不是现代大学生渴望知晓而且理应具备的高新科技知识。当然，对于现代高新技术的接受能力，各不同专业的学生（特别是非理工专业的学生）有着相当大的差别，这就需要发挥任课教师的“科普能力”和多种教学手段的支持，才能取得实际效果。16年来，本人每年春、秋两季都开设面向东校区各学院各专业学生的公共选修课。具体课程门类及相应大纲见附录四。

最近几年，河北航空公司成倍扩大规模，急于招聘人才。

2016年，机电学院硕士毕业生刘金生应聘到该公司任职，因工作出色被委以人员招募重任，是招飞（招募飞行员）负责人之一。

2017年10月，河北航空公司再次派员来保定，“招飞”会场设在河北农大（招考对象涵盖了河北农业大学、河北大学、华北电力大学、中央司法警官学院在校生），现场气氛热烈，正式申报者超150人，初选面试入围者58人，其中含中央司法警官学院学生十多人，而河北农大在校学生倍受青睐，占据入围者的大多数。这不能不说是和“航空与航天”公选课的兴趣培养以及知识积累有关。

授课方式上，河北农大一直在不断创新，成批建成多媒体教室，我也努力学习制作幻灯片和课件。特别是准备公选课时，我将有关科技电视节目录制磁带（累计千余盘）并刻制光盘，从图书馆借出期刊用扫描仪（兼有文字识别功能）选辑资料制成幻灯片。同学们上课很感兴趣，选课报名时经常超额爆满，不少同学主动送给我光盘用于上课。其中成绩最为突出的是刘金生同学，他的中、英文能力非常强，曾多次从互联网上帮我下载并翻译大量国际最新高科技资料，而且都是高清节目，累计达到近一个T之多。遗憾的是，多媒体教室的设备因档次跟不上，视频文件有时难以顺畅播放，效果大打折扣。到后来由于技术进步，我备课、授课改用大容量U盘或移动硬盘，效率又有所提高。在多媒体教室上课的十多年来，设备故障在所难免，多媒体控制室的同志给予了我极大帮助，特别是王烨老师和值班的小毛、小张同志总是我的“及时雨”。

图8-6　科普讲座　和年轻人一起，乐在其中

时任教务处副处长的钱东平教授，毕生助人为乐，在河北农大尽人皆知。他在工作上极为认真，对于公选课非常关心和支持，建立了一套完整的管理制度，实现了管理规范化。在课程运行上，机电院教务室董婷婷和邢艳秋同志勤勤恳恳，终年为之忙碌不停。院办汤新年、李建昌同志无数次帮我排除网络和计算机故障，不厌其烦“手到病除”。凡此种种场景犹在昨日。

九　政协活动

1985年，我按期回国后即参加政协活动，任河北省政协委员。加入民盟后，担任河北省政协常委和保定市政协副主席。期间，注意安排协调本职（教学、行政）工作和政协活动时间，尽量做到两不误。多年担任省政协科技二组召集人，精心组织讨论会，积极参加调研视察活动，努力建言献策，年年不断提出提案。例如，建议早日修建保津铁路和高速公路、实施精确农业、治理府河及白洋淀污染等。

图9-1　2002年河北省政协八届五次会议上组织小组讨论

保定政协委员

风采录

科海任遨游

五十年代毕业于北京农业机械化学院农机化专业本科的邝朴生教授，到河北农业大学机电工程学院（原农机系）任教。1983年任副教授、系副主任；1987年任教授、系主任；1994-2000年任机电学院院长。先后指导博士生4名、硕士生40多名；2001年继续担任教授、研究生导师。

他的教学科研涉及机械工程、液压技术、维修及诊断工程、人工智能、精确农业等领域。在我国有重要影响，1990年以来担任中国农机学会基础技术学会副理事长、中国机械工程学会诊断委员会副主任、农业工程学报编委、中国科学技术论文评审专家（TP277领域三人之一）、河北省人工智能学会副理事长、河北省微机学会副理事长、河北省CAD研究会副事长。

保定市政协副主席、河北农大教授邝朴生在河北农大九十周年校庆活动时

考察东京大学实验室

参加国际学术交流协议签字仪式

液压测试仪鉴定现场

2

图9-2　保定政协委员风采录——教学、科研及国际交流活动

民主党派建立组织50周年

民主党派成员担任各级人大代表、政协委员情况

全国人大代表

时间	届次	代表
1964年12月	第三届	王健 杜磊庸
1978年3月	第五届	王健

河北省人大代表

时间	届次	常委	代表
1963年	第三届		毕桓武
1979年4月	第五届	王　健	毕桓武
1983年4月	第六届	王　健	毕桓武
1988年4月	第七届	孙颖州	
1993年5月	第八届	孙颖州	刘磊军 李炳光
1998年1月	第九届	于宗周	刘磊军
2003年1月	第十届		梁　山

全国政协委员

时间	届次	常委	委员
1978年2月	第五届		杜磊庸
1983年1月	第六届		杜磊庸
1988年3月	第七届	王健	杜磊庸
1998年3月	第九届		于宗周
2003年2月	第十届		许　峰

河北省政协委员

时间	届次	常委	委员
1955年	第一届		曲泽洲 张连桂 毕桓武 杨文衡 刘旭初
1960年	第二届		曲泽洲 张连桂 毕桓武
1964年	第三届		曲泽洲 张连桂 王　健 张绍成
1977年	第四届	王　健 曲泽洲 毕桓武	杜磊庸 张绍成 贾立堂
1983年	第五届	王　健 毕桓武	杨文衡 张绍成 贾立堂 邝林生 于宗周
1988年4月	第六届	王　健	张绍成 贾立堂 邝林生 于宗周
1993年5月	第七届	王　健 邝林生	李雁鸣 于宗周 吴增志 孙建恒
1998年1月	第八届	邝林生 孙建恒	李雁鸣 吴增志 董金玺
2002年12月	第九届	孙建恒 许　峰	李雁鸣 李博文 董金玺

图9-3　1988年、1993年、1998年分别担任河北省政协委员、常委

保定市政协委员

时间	届次	副主席	常委	委员
1955年1月	第一届		孙云藻	张连桂
1958年12月	第二届	王健	杨文衡 孙云藻	张连桂
1963年3月	第三届	王健	杨文衡 孙云藻	
1965年12月	第四届	王健	杨文衡 孙云藻	
1982年7月	第五届	杨文衡	毕桓武	孙颖州
1988年3月	第六届	孙颖州	毕桓武	
1993年3月	第七届	邝林生 于宗周	孙颖州 张吉占	梁　山 郝荣典 刘树欣
1995年3月	第八届	邝林生 于宗周	吴增志	孙颖州 张吉占 郝荣典 许　峰 刘树欣 靳洋海 李子英 王殿武 梁　山 李博文 刘占国
1998年3月	第九届	邝林生 于宗周	梁　山 杨敏生 李雁鸣	丁森林 刘树欣 李子英 靳洋海 李博文 王殿武 辛莉仙 许　峰 刘占国 张吉占 葛会波 孙建设 董金玺 杜　健
2003年4月	第十届	孙建恒	陈贵林 杨敏生 杨学举 崔彦宏 郝延刚	丁森林 杜守军 刘占国 李铁栓 周大迈 张金柱 窦铁岭 王殿武 靳洋海 何运转

图9-4　1993—1998年担任保定市政协副主席

图9-5 政协保定市第八届正、副主席以及秘书长合影 邝朴生（右二）

图9-6 政协河北省科技二组全体委员 二组召集人邝朴生（二排左四）

十　学术活动

我所参与的国内外学术活动，范围基本上处在故障诊断、农业工程、农机基础技术、农机维修、农机发展战略、精确农业、人工智能、创新工程和访美、访日等领域。

图 10–1　工程机械维修研究会 液压检测维修中心成立及学术交流会（1989.10 西安二炮学院）邝朴生（前右九）

图10-2　参观考察九三分局农场（邝朴生二排左十）

图10-3　第四次全国农机维修学术会议

（最后排：左三陈音、左六吴嘉先；第四排：右一段铁成；第三排：左二萧潇、左四仪洁、左八冯志光；右五辜宣鸿；第二排：左四谢伯川、左五籍国宝、左十黄天桂；右二蔡心怡、右七邝朴生 ；第一排：左一高兹、左五杨申、左九陈光中、 左十一马镜波、左十二杨秋荪、左十三程真、左十四瞿名扬）

图 10-4　中国人工智能学会理事长涂序彦　河北省人工智能学会副理事长邝朴生

图 10-5　河北计算机学会年会　邝朴生（前右二）

1984—1985 年，我身为农业部公派访问学者，到美国流体动力研究中心 FPRC 访问合作研究，主攻液压系统故障诊断模糊数学方法，在国际学术会议发表学术论文五篇。FPRC 主任费奇博士致函河北农业大学陶学郁校长，建议双方在美国国家科学基金会共同立项继续深入研究。

图10-6　参观日本长野县短期大学太阳能汽车

图10-7　在欢迎会上致辞

图 10-8　中方代表邝朴生院长、日方代表佐藤校长签协议

图 10-9　在日本长野县短期工业大学校做学术报告，题为故障诊断数学理论

图10-10　访问日本农林水产省农机研究所
周曰荣（前左二）邝朴生（前左一）杨庆（后左一）滕桂法（后左三）

图10-11　参观日本农林水产省农研中心，农机行进阻力动态测试装置

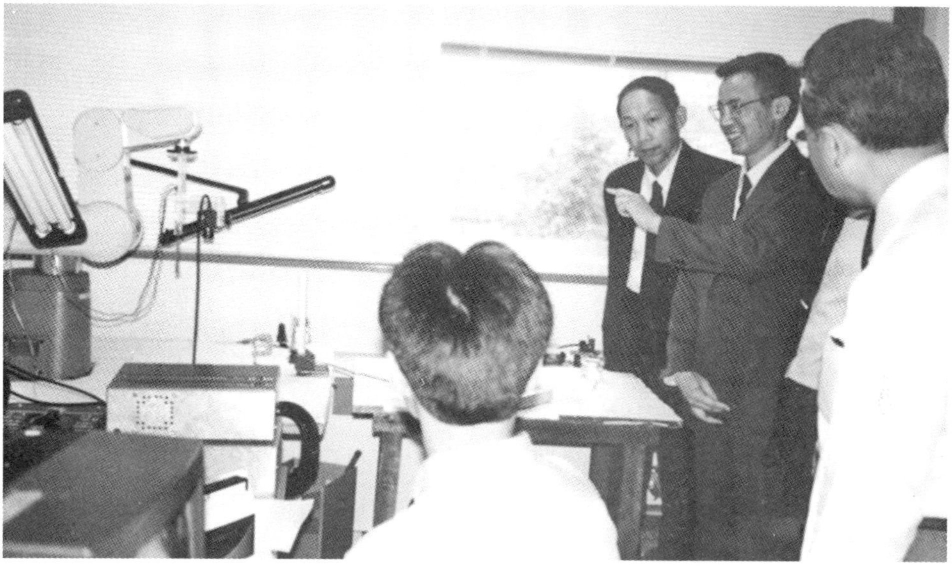

图 10–12 参观日本冈山大学种子智能识别系统

第2版 河北日报

2000年7月12日·星期三·

全国"精细(确)农业"课程建设研讨会召开

本报讯(冯月联) 7月4日至8日，全国高等农业院校"精细(确)农业"课程建设研讨会在河北农业大学和中国农业大学召开。来自全国20所高等院校的33名代表共同研讨了精细(确)农业技术的发展与创新前景，并就该课程建设等议题取得共识。河北农大教授邝朴生作了题为《精细(确)农业概念及技术体系》主题报告，中国工程院院士、中国农业大学教授汪懋华作了关于精确农业的技术讲座。

图 10–13 全国精细农业课程建设研讨会召开

在汪懋华院士的支持和指导下，河北农大与中国农业大学联合召开了精细（确）农业课程建设讨论会。会址保定—北京，会期2000年7月4—8日

图10–14　与长江学者佟金教授合影于旅顺口

图10–15　长江学者吉林大学佟金教授做报告《农业工程仿生与科技创新》

图 10-16　邝朴生教授发言：汇报本校创新教育情况

图 10-17　兄弟院校代表合影

高等院校创新教育研讨会纪要

2003.11.8.

当今高等院校创新教育势在必行。在汪懋华院士和有关领导大力支持下，在兄弟院校广泛赞同的热烈气氛中，“高等院校创新教育研讨会”于 2003 年 11 月 7 日至 9 日在河北农业大学举办。会议由河北农业大学、中国农业大学出版社主办；西北农林科技大学、东北农业大学、山东农业大学、新疆农业大学协办；出席会议的共有 14 所高等院校。

会议开幕式上，河北农业大学副校长王志刚教授致欢迎辞。介绍了河北农大百年历史及近年来河北农大学分制和教学改革与创新的的具体情况以及河北农业大学创新教育的今后规划。

中国农业大学出版社代表孙勇讲了话。

长江学者吉林大学生物与农业工程学院院长博士生导师佟金教授发表了题为“农业工程仿生与科技创新”的主题演讲。

河北软件职业技术学院院长贺建强教授介绍了劳动部、教育部创新能力评价标准体系。

河北农业大学机电工程学院院长马跃进教授介绍了本校创新教学研究情况及体会。

河北农业大学机电工程学院邝朴生教授介绍了《创新学》教材内容梗概、编写思路和行课体会。沈阳农业大学李宝筏教授回顾了建国以来农业工程教育的经验，提出了改革创新的方向，主张大力树立学生创新意识，要使学生在实践中体验领悟实际创造的真谛。山东农业大学李汝莘教授介绍了创新教育情况、经验和理论认识。华南农业大学李长友教授强调了创新的工程训练，以知识的外储藏带动机理学习，造就能力的形成。

河北农业大学四年级本科生田粒卜和二年级本科生张志辉介绍了参加大学生创新竞赛和学习创新课程的感受与体会。

会议还围绕“知识创新”和“技术创新”两个主题进行了认真的研讨、观摩和交流。探讨了创新学课程教学大纲。对创新教育今后开展的方向、途径交流了很好的意见，形成了共识。

学生创新能力的培养，要渗入各门课程，贯穿整个过程，从教学计划、课程设置、培养方式、教学方法、学位论文的选题和答辩，各环节诸方面都应该强调创新能力的培养。我国创新教育体系建设任重道远，尚需广大教育工作者共同努力开创高等教育新局面。

与会代表一致认为：创新教育是高等院校势在必行的主攻方向之一，然而目前尚处在起步阶段，有很多课题有待研究。这次会议的召开对今后普遍开展创新教育是很有必要的，是非常及时的。

会议期间兄弟院校还交流了书面和音像资料，与会代表参观了河北农业大学百年校史展和新校区。

河 北 农 业 大 学

中国农业大学出版社

图 10-18　高等院校创新教育研讨会纪要

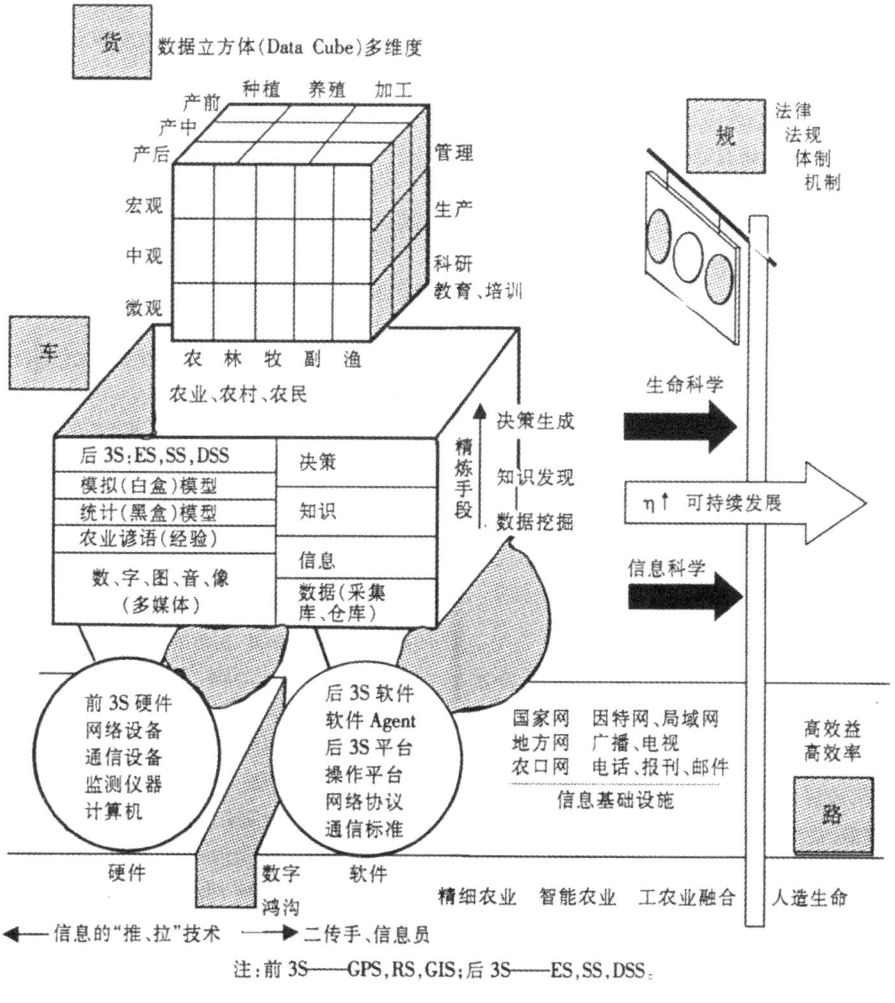

图10–19　农业信息化发展之策略示意图

为考察日本农业现代化（自动化、智能化）情况，我访问了农林水产省农研中心。

我又访问了日本长野县短期大学，进行学术交流并做报告，参观考察实验室和工厂，出席欢迎大会和合作协议签字仪式。该校是日本劳动省与长野县合办的高级

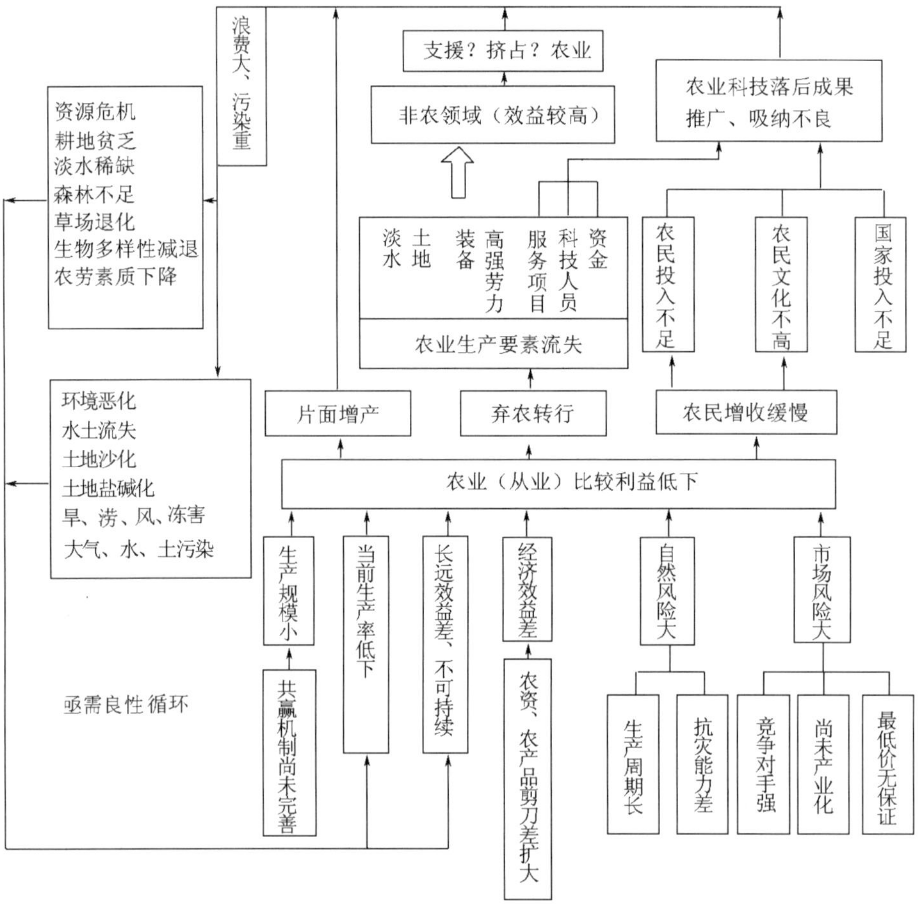

图10-20　农业发展诸制约因素关系图

技师学校，经费充足，设备先进（日方称每四年更新一遍），毕业生供不应求。

2005—2007年应邀参加中国工程院重大咨询项目“中国农业机械化发展战略研究”。我在战略研究会上提出了现代农业信息化实现的途径，强调信息库（“货”）建设、信息处理软硬件（“车”）开发、传播网络（“路”）覆盖以及相应体制法规（“规”）的制定。这四方面要统筹规划同步进行，不可偏废。

我在战略研究会上还提出了要建立经济上和环境上的良性循环以实现我国农业（包括农业机械化）的可持续发展。在深入剖析了各种制约因素的基础上，我个人认为当务之急是要真正站在“三农”的立场上办事，建立经济上和环境上的良性循环，其主要目标及措施如下：

1. 打破农业比较利益低下的格局：若干年内要使农民在收入增速和年人均收入量上，赶上城市居民。

2. 提高农业科教水平、普及率和贡献率：使农业生产率大幅提升，资源利用率大幅提升，污染程度大幅下降，实现高效农业。

3. 抓紧实施反哺政策：(1) 对农业生产和科教增加国家投入，选好切入点(发达国家莫不如此)，要雪中送炭不必锦上添花；(2) 杜绝产业链财物流失和中间损耗，使农民农业和农、科、教等各个有所投入的方面真正得到实惠；(3) 缩小工农业产品价格剪刀差，有效制止伪劣农资高价坑农，使农业生产成本切实降下来。保证农产品销售的最低价格，杜绝压级压价，清理中间盘剥。农业订单信守合同。

4. 护农业资源，特别是淡水、农田和草场。严防农地建商品房。

5. 建立共赢机制是根本，深入研究国内外成功和失败事例，建立适合国情的共赢机制，充分调动各方面积极性。

6. 大力进行社会主义民主建设：(1) 农民得以行使权力，参与各级决策；(2) 实行有效监督，自上而下、自下而上和社会舆论监督；(3) 实现权力制衡；(4) 宣传引导要讲究实效。

以下是在有关学术组织任职情况

中国科学技术论文评审专家

“中国农机学会基础技术学会”副理事长

“中国农机学会”理事

“中国农机学会”第一批高级会员

"中国农机维修学会"理事

《农业工程学报》编委

"工程机械维修研究会"诊断专业委员会副主任

"河北省人工智能学会"副理事长

"河北省微机学会"副理事长

"河北农业大学第五届学术学位委员会"委员

"河北农业大学第六届学术学位委员会"副主任

"河北省学位委员会2003年学科评议组"成员

十一　研究生教育

在研究生教育方面，我提倡在农业工程学科领域范围内，适当扩展研究生的研究方向，强调农大多学科综合优势，增强办学的适应性、灵活性。使校内外诸多相关专业的本科生和青年教师都有机会来考研，同时也壮大了研究生导

图11-1　邝朴生（河北省人工智能学会副理事长）、杨庆（留学比利时，人工智能博士后）

图11-2 邝朴生、滕桂法

师队伍，提高了师资水平。

滕桂法是我指导的第一名硕士生，毕业后被选拔到日本两备系统公司研修智能软件工程两年，回校后任计算机系系主任，继而攻读并取得北京大学计算机专业博士学位。担任信息科学与技术学院院长兼任河北省徐水县科技副县长。现任河北农业大学研究生院院长。

刘刚是我指导的第二名硕士生，取得硕士学位后赴中国农大，师从汪懋华院士攻读并取得博士学位，先后晋升副教授、教授、博导，现任中国农业大学“现代精细农业系统集成研究教育部重点实验室”副主任。

我指导的硕士生杨世凤，取得硕士学位后赴中国农大，师从汪懋华院士攻读并取得博士学位，研究方向是设备故障自动诊断系统理论与设计。曾应聘联合国培训中心被派到非洲埃塞俄比亚讲授农业机械等课程。应聘到天津科技大学担任教授、博导、电子信息与自动化学院院长、测控与智能技术研究所所长。

张孟杰和高小英二人都是我指导的硕士生，他们先后到澳大利亚墨尔本大学攻读并取得博士学位，结婚后同去新西兰大学任教授和副教授。张孟杰目前已是国际人工智能学界知名学者，业内权威期刊的编委、副主编、评委，经常作为主席主持国际专业学术会议，擅长生物进化计算、遗传规划等软计算前沿领域。发表国际学术论文数百篇。指导各国博士生数十名。近年常回国进行学术交流、指导。

邝继双与张漫是汪院士和我（协助）联合指导的博士研究生。张漫现任中国农业大学信息与电气工程学院副院长、教授、博导；邝继双曾任北京时林公司副总经理、北京高科威公司副总经理，现任华为公司主任级工程师（18级）。

图11-3　人工智能研究中心师生（87—91届）
后排左起：蒋文科、张晋国、马洪森、邝朴生、安二中、 张孟杰、崔和瑞、刘铁成、杨庆
前排左起：刘刚、刘凤琴、刘淑霞、张晓静、高晓英、李书全、杨世凤

图11-4　张孟杰、邝朴生

图11-5　95届研究生师生合影
前排：郝敬敏、谢景新、王艳君、武红果、周桂红、陈丽萍
中排：郝志华、邝朴生、蒋文科、李兴
后排：胡金锁、杨勇鸿

图11-6　人工智能98、99、00届部分研究生师生合影
前排：化建宁、丁强、李红梅、邝朴生、蒋文科、吕玉江、张梅、高波
二排：贾丽娜、李素、齐永欣、陈步英、翟晓燕、邓林义、邢献芳、侯顺艳
三排：李博、赵树朋、张健钦、靳松、刘建华、吕继兴
四排：张彦峰、钱斌、马建斌、葛银兵、曲平、郝鹏飞

图 11-7 刘淑霞硕士论文答辩会
孙维连、田振祥、吴显义、吴艳珍、陈骏林、邝朴生、蒋文科、高栌、刘淑霞

图 11-8 王爱茹硕士论文答辩会
蒋文科、邝朴生、王爱茹、朱之堉

图11-9　人工智能师生合影
丁强、李红梅、邝朴生、化建宁

图11-10　人工智能师生合影
钱斌、邝朴生、赵树朋

图11-11　人工智能师生合影
高波、邝朴生、陈步英

图11-12　师生合影
邝朴生、李兴

图11-13 师生合影
区荣富、邝朴生

图11-14 师生合影
斯力文、邝朴生

图 11–15　博士毕业照
张漫、邝继双

图 11–16　神农智能师生合影
前排：张晓静、王文志、贾红丽、黄丽华、贾兰英、高晓英、赵莉、马洪森
后排：蒋文科、杨云森、安二中、张孟杰、杨庆、滕桂法、胡顺斌、李书全

十二　家庭

我从北京农机学院进修结束返回河北农大，讲授“修理学”和“互换性与技术测量”，当时自然是助教职称。有一天制图教研组组长张瑛老师对我说，给你介绍一个女朋友，就是咱农机系5903班制图课代表刘玉琴。按照河北农大的惯例，班级的年号是以入学年份为准的，而北京农机学院则按毕业年份来定。我属于5915班，就是说我毕业那年（1959年）恰巧刘玉琴入学。记得我在河北农大搞遥控拖拉机的时候，农机系有个女生专门负责登记双革成果，因此有些印象。张瑛老师夸奖刘玉琴作业如何认真、成绩优秀、社会工作如何积极热情……大家都住在农大北院，经过几年交往彼此加深了了解和情感。

1964年，刘玉琴被分配到石家庄农机工读学校（坐落在北郊赵陵铺一家机械厂旧址），讲授农业机械课并且带领机耕实习。有一天实习用的机引犁起落机构突然故障脱扣，坐在农具手座位上的她被猛然撴了一下，当时腰部剧烈疼痛以至不能说话，经过贴膏药、拔火罐养了一周，不太疼了自以为没事了，就没去医院诊疗。后来随农机系去昌黎办学期间，1976年遇到唐山大地震，我们在地震棚里住了近两年，饱受潮湿风寒之苦，但她毕竟年轻，仍然能够挺得住，坚持教学工作。（岂料经过40多年退休后，稍遇风寒则腰麻腿疼剧烈发作，经核磁共振检查确诊为脊柱滑脱错位达10毫米加上老年椎间盘突出伤及神经，但

图12-1　邝朴生、刘玉琴夫妇

年事已高不宜手术。家住顶层五楼刘玉琴上下楼梯极为困难，因此曾多次申请更换低层住房，均无结果 。最终还是好友相助，暂住底层，这是后话。）1966年我们结婚，第二年9月在石家庄育有一对双胞胎男孩，邝冠双、邝亚双（乳名大双、小双）。

1972年，刘玉琴调入河北农大农机系，从此一家团聚。

1973年，第三个孩子邝继双出生在唐山市。1976年，我们随河北农大农机系迁往昌黎农校参与组建“华北农业大学昌黎分校”，在其农机系任教。因家务及工作过于繁重就把大双托付给刘玉荣大哥照管。不料1976年7月28日凌晨突发唐山大地震，玉荣大哥夫妇、侄子志超和邝冠双（大双）不幸遇难。岳母身受重伤和精神刺激，熬至88岁高龄。

“文革”结束，举家迁回保定。邝亚双（小双）先后就读保定市史庄街小学和保定市第一中学，高中毕业后到保定警察学校交通专业学习，后又到中国公安大学攻读大学专科学历。在保定市公安局交警支队事故科及警务督察处任警

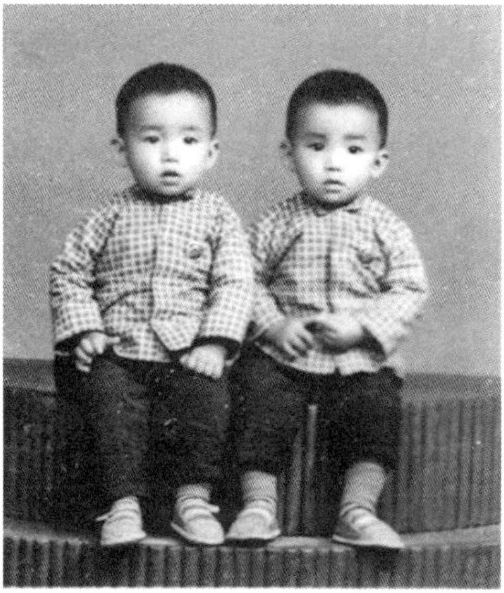

图12-2 邝冠双、邝亚双（大双、小双）

官。1990年结婚，1991年孙女邝费文（乳名文文）出生。生母罹患乳腺炎不能哺乳，文文自出生起就靠祖母用奶瓶喂食奶粉长大。邝费文就读于保定市联盟路小学，毕业时“小升初”考试获得“保定市状元”称号，从保定市第二中学初中毕业后到新加坡国立蓝景中学读高中，此后又在国内参加多期“雅思”学习班达到7分成绩水平，然后留学加拿大英属哥伦比亚大学攻读经济专业，2017年大本毕业取得学士学位。众所周知，自费留学需要巨额（对于我家来说）保证金、学费及生活费，我们不得不卖尽房产多方筹款借款，多亏亲朋好友特别是机电学院同仁给予了极大支持帮助，孙女邝费文才得以完成学业。

1986年次子邝继双在保定市史庄街小学毕业，考入第十七中学，高中毕业后，考取河北农业大学机电工程学院农业电气化自动化专业本科，毕业后考取河北农业大学机电工程学院农业电气化自动化专业硕士。硕士毕业后考取中国农业大学博士生，师从汪懋华院士攻读精细农业方向。致学期间结识张漫（中国农业大学博士生），二人同时攻博接受汪懋华和我的指导。2009年二人结婚，2010年孙女邝修宁在北京出生。邝修宁先后在石油研究院附属小学和北方交通大学附属中学读书。

我弟弟邝关生与弟媳付秀琴育有一子一女，邝富春和邝富珍；侄子邝富春与侄媳陆雅静育有一女邝啄然（孙女）；侄女邝富珍与侄婿袁中先育有一女袁瑞彤（外孙女）。他们全家都住在吉林省公主岭市。

图 12-3 怀抱孙女邝费文（文文）

图 12-4 孙女邝费文在加拿大英属哥伦比亚大学攻读经济专业本科，2017 年毕业

图 12-5 次子邝继双（前排右六）1986 年小学毕业

图12–6　邝氏合影（在天津）
右起：邝亚双、邝梅玲、邝朴生、邝雨生、邝继双、邝修宁

图12–7　全家合影（在天津）
右起：刘玉琴、张漫、邝修宁、刘颖琇、邝亚双、邝梅玲、邝雨生、邝朴生

图 12-8 次子邝继双（就职华为公司）

图 12-9 我和孙女邝修宁

图 12-10 长子邝亚双和程丽芳夫妇

图 12-11 游保定植物园

图12-12　弟弟邝关生、付秀琴夫妇

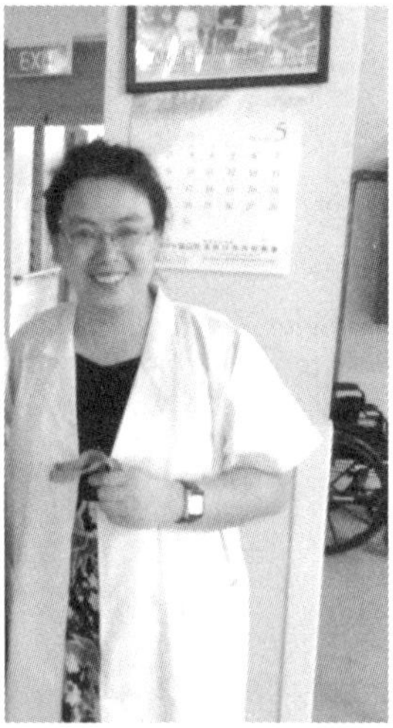

图12-13　邝富珍副主任医师

图12-14　邝关生一家合影
前排：邝富珍、邝关生、邝富春、陆雅静
后排：袁瑞彤、邝啄然

图 12-15　袁中先主任医师辅导女儿袁瑞彤

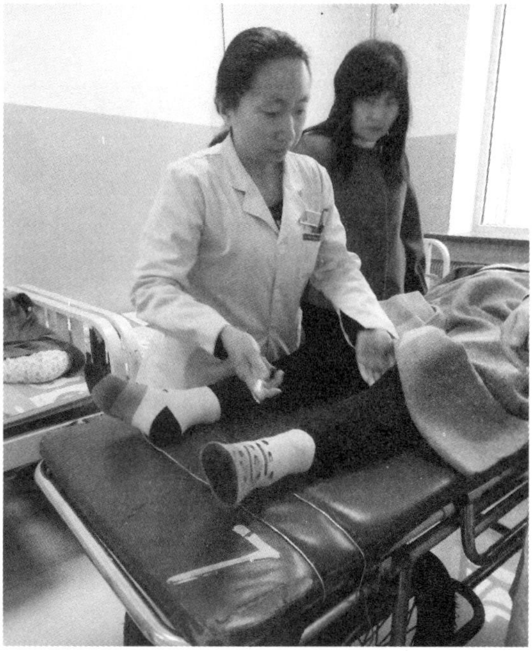

图 12-16　陆雅静副主任医师

十三　结语

本人自幼体弱多病，几乎每日与中药为伴。由于担心发育不良，父母常常督促我多进行户外活动借以增强体质。放学后跟随邻居玩伴，爬墙、上树、划船、游泳、滑冰、玩双杠、玩吊环、拉二胡、弹月琴、斗蛐蛐、养桑蚕……总之浅尝辄止，样样都沾样样稀松，没有一招能够拿得出手。要说儿时还真有些特殊爱好，那就是爱看走街串巷手艺人干活儿，什么箍木桶扎笼屉的啦、锔碗补锅的啦、吹糖人捏面人的啦、甩棉花糖蒸熟梨糕的啦、爆米花油炸蚂蚱啦，一见了就舍不得离开，达到“废寝忘食”的地步。儿时，表哥常领着我到海河边上去看轮船航行、转弯、调头，高兴之余每每流连忘返。他还买了不少杂志给我看，当然也领会不了多少。上中学时，我常常阅读《少年天文学家》《十万个为什么》之类的科普读物，在老师的精彩讲解和引导下逐渐养成了对科学的兴趣和遇事探究答案的好奇心。

上了大学之后体质稍好，按教学计划规定参加“劳卫制”体育课程勉强及格，总算没有耽搁毕业。记得当时北京八大学院流行一首毕业歌，唱道“我们要为祖国健康地工作50年”。假定20岁毕业，要工作50年，岂不是到了古稀之年？当年觉得这不过是一种美好的幻想而已，可望而不可即。

我从1959年毕业直到目前竟将近60年了，有幸遇到祖国和平稳定发展的大好时机。仰仗党的英明领导、广大人民群众无比的冲天干劲，才拥有了如此强大的国力和耸立于世界民族之林的国际地位。

从上学到工作再到退休至今，我的读书学习兴趣始终不减，也可以说是“活到老，学到老”，之所以如此，我想大概是与自幼养成的好奇心有关吧。承蒙母校北农机领导和老师、河北农大领导和老师的关怀帮助与教导，特别是机电学院同事们、同学们的热情支持，我个人从学生、见习助教起步逐步成长为学术带头人，师恩、友情重于泰山没齿不忘。回想起曾德超院士、汪懋华院士、陈立教授和陈光中、杨申、瞿名扬、杨芳、陈斯洁、仪洁、杨颐等各位老师的教诲，以及叶惠臻、刘嘉富、苏俊山、曹华贤等各位老师傅手把手地传授，更有装甲兵工程学院徐滨士院士、农业部马镜波总工的关怀和培养，耳提面命犹在昨天。1983年，曾德超主任亲自为我开出访问学者推荐信，北农机外事办钱明亮学友帮我办理手续，周一鸣老师指点出国注意事项并传授经验，都使我受益匪浅。

改革开放以来河北农大规模迅速扩张，在校生竟然达到四万之众，可以说位居全国农口高校前列，学科门类几乎无所不包极为可观。此外，还拥有在全国广受赞扬的光辉样板，譬如“太行山道路”的奋斗精神和业绩，果树9301优秀班集体的高尚道德风范，新时代知识分子的楷模李保国教授，等等。无一不使我备受鼓舞，心潮澎湃。河北农大机电院也是年轻人才后浪推前浪，青出于蓝而胜于蓝，风清气正前途无限，令人欣慰。

2016年接到学院停开公选课的通知我告别了讲台，从1959年来农大算起为祖国工作已经58年了，“没有功劳也有苦劳”吧。

据闻，麦克阿瑟当年罢官回国，到西点军校演讲，末尾感叹道“老兵没有死，只是渐凋零”，听起来未免有些悲凉。

迈进习近平新时代，中国特色社会主义大展鸿图，举国振奋，世界欢欣。个人虽年近八旬，仍然激动不已，争取有生之年再尽绵薄之力。

不由得想起了曹公的诗词《龟虽寿》抄录下来聊以自勉。

神龟虽寿，犹有竟时。
腾蛇乘雾，终为土灰。
老骥伏枥，志在千里。
烈士暮年，壮心不已。
盈缩之期，不但在天。
养怡之福，可得永年。
幸甚至哉，歌以咏志。

2018年5月

十四　参考文献

1. 张璞，苏润之. 河北农业大学校志（1902—1988）[M]. 北京：社会科学文献出版社，1992.

2. 刘大群，刘继亭，张璞. 河北农业大学校志（1902—2002）[M]. 北京：中国文史出版社，2002.

3. 王志刚. 河北农业大学校志（2002—2012）[M]. 北京：中国文史出版社，2012.

4. 宋毅，夏明，张桃英. 汪懋华传：中国工程院院士传记[M]. 北京：中国农业出版社，2017.

5. 詹同济，黄志扬，邓海成. 詹天佑生平志[M]. 广州：广东人民出版社，1995.

6. 南海县地方志编纂委员会办公室. 南海县建置志[M]. 广州：广东人民出版社，1994.

附录一　指导研究生名单

指导研究生名单

序号	姓名	学位论文题目	指导教师	完成时间	当前情况
1	滕桂法	故障诊断专家系统	邝朴生教授	1988.5	河北农业大学研究生院院长、教授、博导
2	刘刚	故障诊断专家系统开发工具FDEST-BF	邝朴生教授	1989.11	中国农业大学教授、博导，现代精细农业教育部重点实验室副主任
3	杨世凤	设备状态监测及实时故障诊断专家系统	邝朴生教授	1991.5	天津科技大学电子信息与自动化学院院长、教授、博导
4	刘凤琴	基于面向对象技术的专家系统生成工具，知识库及其管理系统的研制	杨庆副教授 邝朴生教授	1992.5	浙江财经大学教授
5	张孟杰	基于面向对象技术的专家系统生成工具，推理机及用户界面的研制	杨庆副教授 邝朴生教授	1992.5	新西兰皇家科学院院士，新西兰维多利亚大学教授、博导
6	高晓英	铸铁焊修专家系统	邝朴生教授 杨庆教授 张建华副教授	1992.11	新西兰维多利亚大学教授、博导
7	刘淑霞	金相磨抛光机智能控制系统	邝朴生教授 蒋文科教授	1993.5	河北农业大学教授，已退休

续表

序号	姓名	学位论文题目	指导教师	完成时间	当前情况
8	安二中	汽轮发电机组状态检测系统的研究	邝朴生教授	1994.5	江苏技术师范学院教授
9	李书全	基于面向对象技术的大坝病害诊断专家系统	杨庆教授 邝朴生教授	1994.5	天津经贸大学教授
10	张晓静	人工神经网络进行知识获取的研究——以棉铃虫害预测为例	邝朴生教授 杨庆教授	1994.5	河北科技大学副教授
11	马洪森	小麦主要病虫害综合治理决策支持系统(WDPIMDSS)	杨庆教授 邝朴生教授	1994.5	河北中兴公司高工
12	蔡振江	记忆型心电信号电话传输仪的研制	邝朴生教授	1995.5	河北农业大学机电学院副院长、教授、博导
13	黄丽华	基于面向对象技术的通用知识工程环境推理机与解释系统的研制	杨庆教授 邝朴生教授	1995.5	河北农业大学教授
14	杨云森	知识自动获取模糊人工神经网络方法研究	邝朴生教授 杨庆教授	1995.5	河北省人民银行高工
15	赵莉	面向对象技术及其在知识工程中的应用	邝朴生教授 杨庆教授	1995.5	河北省建设银行高工
16	傅凯	遗传神经网络及其在股票价格指数预测应用中的研究	邝朴生教授 孙文生教授	1996.6	河北省工商银行高工
17	贾红丽	复杂设备系统故障分析与诊断推理方法的研究	邝朴生教授 滕桂法副教授	1996.5	军械工程学院博士
18	王文志	起重机技术状态检测及鉴定系统的研究	邝朴生教授 滕桂法副教授	1996.5	河北省保险公司高工
19	李建兵	往复机械故障诊断仪计算机系统的研究	邝朴生教授 蒋文科副教授	1996.5	北京民生银行高工
20	贾兰英	门桥起重机动态应变测试系统的研制	邝朴生教授 蒋文科副教授	1996.5	河北农业大学教授
21	胡顺斌	往复机械故障诊断仪振动系统的研究	邝朴生教授 蒋文科副教授	1996.5	河北农业大学副教授

续表

序号	姓名	学位论文题目	指导教师	完成时间	当前情况
22	薛金柱	便携式往复机械故障诊断仪的研制	邝朴生教授 蒋文科副教授	1997.5	思科系统(中国)研发有限公司高工
23	张春锐	机械故障诊断树理论与方法的研究	邝朴生教授 蒋文科副教授	1997.5	中国建设银行总行(北京)高工、副处长
24	许文华	空压机振动诊断系统软件的研究	邝朴生教授 蒋文科副教授	1997.5	中国长城资产管理公司河北省分公司高工
25	王爱茹	苹果、梨主要病虫害综合防治决策支持系统(DSSAP)的研究	曹克强教授 邝朴生教授	1998.5	河北农业大学教授
26	谢景新	农业技术信息服务系统的研究与设计——基于Internet、PSTN多媒体技术	邝朴生教授 蒋文科副教授	1998.5	博士,移民加拿大
27	王艳君	温室环境计算机监控系统	邝朴生教授 蒋文科副教授	1998.5	河北农业大学教授
28	武红果	电能数据远传及综合管理系统的设计与实现	邝朴生教授 蒋文科副教授	1998.5	移民加拿大
29	郝敬敏	柴油发动机突发性事故报警系统的研究	邝朴生教授 蒋文科副教授	1998.5	河北省电视大学教授
30	郝志华	机械系统寿命预测的基本Petri网方法	邝朴生教授 蒋文科副教授	1998.5	唐山大学教授
31	李兴	压力容器声发射安全监测原理和系统研究	邝朴生教授 蒋文科副教授	1998.5	河北保定市国税局高工
32	刘书华	苹果、梨主要病虫害防治决策支持系统的设计与实现	曹克强教授 邝朴生教授	1999.5	河北农业大学教授
33	周桂红	基于面向对象知识表示的农业专家系统生成工具中知识库管理系统的研制	邝朴生教授 蒋文科副教授	1999.5	河北农业大学教授
34	郑磊	农业专家系统生成工具中通用推理机的研究及其VC++实现	邝朴生教授 蒋文科副教授	1999.5	博士,留学美国
35	宁成信	农业宏观管理咨询系统的研究	邝朴生教授 蒋文科副教授	1999.5	河北省委宣传部高工

续表

序号	姓名	学位论文题目	指导教师	完成时间	当前情况
36	毕文平	农业机械化微机管理及应用软件专家咨询系统的研究	邝朴生教授 蒋文科副教授	1999.5	河北廊坊市农业局高工
37	任振辉	智能型日光温室环境参数监测管理系统	邝朴生教授 蒋文科教授	2000.5	河北农业大学教授、博导
38	冯朝晖	作物病虫害综合治理空间决策支持系统(CPPSDSS)	邝朴生教授 蒋文科教授	2000.6	中国公安大学教授
39	陈丽萍	基于知识和数学模型的农业专家系统生成工具(AEST)	邝朴生教授 蒋文科教授	2000.6	河北大学教授
40	康海燕	高校物业微机管理系统的研究	邝朴生教授 蒋文科教授	2000.5	北京信息科技大学教授
41	吕玉江	汽油发动机空燃比闭环控制及监测系统	蒋文科教授 邝朴生教授	2001.6	航空工业北京长城航空测控技术研究所高工
42	李红梅	基于模型的机械设备事故报警方法的研究	邝朴生教授 蒋文科教授	2001.6	河北农业大学副教授
43	张梅	作物栽培管理农业专家系统工具	蒋文科教授 邝朴生教授	2001.6	移民加拿大
44	丁强	基于模型的机械设备磨损剩余寿命预测方法的研究	邝朴生教授 蒋文科教授	2001.6	复华文商公司高管
45	化建宁	故障Petri网及基在机械设备剩余寿命预测中的应用	邝朴生教授	2001.6	东北大学秦皇岛分校教授
46	陈步英	设备更新决策	邝朴生教授 蒋文科教授	2002.6	解放军总后勤学院教授
47	高波	在用设备多指标综合评价方法研究	邝朴生教授 蒋文科教授	2002.6	河北农业大学副教授
48	刘建华	设施农业环境信息采集系统的研制	蒋文科教授 邝朴生教授	2002.6	
49	齐永欣	基于神经网络的专家系统工具	蒋文科教授 邝朴生教授	2002.6	
50	薛冬娟	基于ASP技术的作物综合管理专家系统	蒋文科教授 邝朴生教授	2002.5	大连理工大学教授

续表

序号	姓名	学位论文题目	指导教师	完成时间	当前情况
51	张彦峰	分光度计的数字化改进	蒋文科教授 邝朴生教授	2002.6	河北农业大学副教授
52	冯洪海	基于粗糙集和支持向量机的多值分类算法	蒋文科教授 邝朴生教授	2002.6	
53	李素	基于组件式GIS的农村配电网管理系统研究	李亚敏教授 邝朴生教授	2003.6	
54	赵树朋	汽油电喷发动机故障诊断专家系统开发研究	邝朴生教授	2003.6	河北农业大学副教授
55	侯顺艳	基于组件式GIS的精准农业变量施肥处方系统应用研究	邝朴生教授 王秀研究员	2003.6	
56	张健钦	计算机视觉技术在杂草识别中的应用研究	邝朴生教授	2003.6	
57	钱斌	测产型联合收割机行驶速度测量系统研究	邝朴生教授	2003.6	留学美国,攻读普度大学博士学位
58	屈平	测产联合收割机割幅实时测量系统研究	邝朴生教授	2003.6	河北农业大学副教授
59	智立甫	基于MATLAB的智能控制系统仿真研究	蒋文科教授 邝朴生教授	2004.6	

联合指导博士研究生名单

序号	姓名	学位论文题目	指导教师	当前情况
1	杨世凤	机器故障诊断最优搜索策略的求解	汪懋华教授 邝朴生教授	天津科技大学电子信息与自动化学院院长、教授、博导
2	刘刚	精细农业的技术组成、决策分析及应用实践	汪懋华教授 邝朴生教授	中国农业大学现代精细农业教育部重点实验室副主任、教授、博导
3	张漫	联合收割机测产系统数据采集与处理的误差分析	汪懋华教授 邝朴生教授	中国农业大学信息与电气化学院副院长、教授、博导
4	邝继双	3S技术在农田基础地图测绘与更新中的集成应用	汪懋华教授 邝朴生教授	博士、华为公司高管
5	敖丽敏	基于交互式语法制导Web方式的函数式语言的设计与实现	汪懋华教授 邝朴生教授	博士、东北电力大学教授
6	唐玉荣	基于动态规划的快速系列对比算法	汪懋华教授 邝朴生教授	博士，已出国

附：中国农业大学汪懋华院士致河北农业大学刘大群校长的信函，肯定刘刚同志的工作能力和良好素质，并希望将其调到门下担任要职。

刘校长：

您好！

学校已经放假了，听说您利用假期去美合作研究。写封信打扰您，想和校领导商量一件事，不知能否取得您的谅解和支持。贵校机电学院刘刚副教授于1998年秋以委托代培方式，考取到我校精细农业研究中心攻读博士学位。我作为学校这一中心的负责人和他的指导教师，多年来与河北农大机电学院和人工智能中心有着密切的合作和联系。我的一位博士生杨世凤教授于1999年在我指导下获得博士学位后已回到机电学院工作。由于刘刚老师当时承担了河北省教委基金课题，与我中心研究方向一致，故原来在河北农大招收的硕士生邝继双也同时在刘刚的直接指导下，在我中心完成硕士论文研究。我中心在发展精细农业研究方面与贵校机电学院一直有着良好的合作。如在2000年7月，我们共同举办了全国精细农业课程研讨班等。

刘刚在我中心攻读博士学位期间，作为我的直接助手，一直承担着由国家计划发展委员会立项的“北京精细农业示范工程建设项目”工作，并于1999年11月由我中心安排他参加了赴美专题考察调研。这一项目由于后来业主单位转移，实际上于今年初才开始在新选点——北京小汤山启动实施，今年开始进行了部分引进设备的试验、考核，进展良好。

下半年方能基本完成相关农田基础设施建设规划。今冬小麦播种后，才能正式启动项目的全面实施。刘刚作为我的直接助手一直代表我与项目业主单位——北京市农林科学院对接合同实施。刘刚老师已积累了专长于精细农业研究方向的知识与经验，而精细农业技术体系的实践在我国还刚刚起步，它既有良好的发展前景，又需要跟踪国外研究发展与通过较长时间的实践探索来积累经验，而不可能在短期内在各地普遍启动实践。近几年，我们将主要通过试验示范及开展符合国情的支持技术开发研究，来培育不同程度的适用技术集成体系，示范推广使用。刘刚在我中心与其他老师分工协作，参与了系统集成与示范实践，已积累了一定的实践经验，具有良好的工作能力和素质。为此，北京市农林科学院负责同志也曾多次与我谈起，希望他毕业后能由他们与贵校协调调往该单位工作。

我今年已经68岁了，工作任务仍然很重，在我中心建设与北京精细农业项目示范工程实施中，刘刚一直结合项目建设从事博士论文研究。他还作为我的得力助手，直接参与了国家计划立项的这一项目的组织实践。本项目目前尚处于启动实施的探索阶段。项目建设初始，建设任务繁重，他的论文答辩预期将在今年九、十月间进行。

我十分抱歉地想和贵校领导商讨，是否可以同意刘刚在完成博士学位论文后，以人才引进方式在我中心继续参与承担北京项目的组织实施和推进我国精细农业有关研究工作，或以博士后研究人员方式在我校中心继续参与这一方向的研究。人才流动将是进入新世纪的趋势，刘刚如能被同意调往我中心工作，这对河北农大是一个暂时的损失，但可通过今后双方的密切合作来达到“双赢”的目标。我曾于半年前和贵校机电学院领导商讨过这一问题，并已基本取得谅解。如能获得贵校领导同意支持，我们将进一步与学校商讨今后包括联合培养研究生，开放享用我中心资源，共同发展在河北省申请相关科研项目和贵校方面对我中心提出的其他要求，我们也可按学校有关规定尽力补偿学校有关的经济损失。

我冒昧地向您和校领导提出请求，希望能得到校领导的研究和回应，我本人将在今后努力尽我所能，发展我中心与贵校相关学科的密切合作与相互支持。

此致

敬礼!

汪懋华敬上

2001.7.20

附录二　部分发表文章及著作清单

1. P.S. Kuang. Fuzzy logic approach to hydraulic system diagnostics and trouble-shooting：Part2-Fuzzy clustering for machine diagnosis［J］. The Basic Fluid Power Research Program（RFPR）Journal，1986，Volume 19.

2. P.S. Kuang. Fuzzy logic approach to hydraulic system diagnostics and trouble-shooting：Part3-Self-teaching program for manipulating a fuzzy relational matrix［J］. The Basic Fluid Power Research Program（RFPR）Journal，1986，Volume 19.

3. P.S. Kuang. Fuzzy logic approach to hydraulic system diagnostics and trouble-shooting：Part4-Fuzzy theory applications［J］. The Basic Fluid Power Research Program（RFPR）Journal，1986，Volume 19.

4. P.S. Kuang. Fuzzy logic approach to hydraulic system diagnostics and trouble-shooting：Part5-Fuzzy clustering for machine diagnosis［J］. The Basic Fluid Power Research Program（RFPR）Journal，1986，Volume 19.

5. P.S. Kuang. Fuzzy logic approach to hydraulic system diagnostics and trouble-shooting：Part6-Failure oriented math approach-A review［J］. The Basic Fluid Power Research Program（RFPR）Journal，1986，Volume 19.

6. 邝朴生．拖拉机分置式液压元件修理标准若干问题［J］．河北农业大学学报，1982，5（3）：126-133.

7. 邝朴生. 试论机械维修工程学科的作用与体系［J］. 河北农业大学学报，1983，（1）：79-88.

8. 邝朴生. 有关故障的数学运算方法——浅谈故障数学模型的建立与求解［J］. 河北农业大学学报，1986，9（2）：20-37.

9. 刘淑霞，蒋文科，邝朴生. DMP－3B型金相磨抛光机微电脑控制系统［J］. 河北农业大学学报，1994，（1）：79-83.

10. 黄丽华，张孟杰，邝朴生等. 基于面向对象知识表示的高效推理机的设计与实现［J］. 计算机农业应用，1995，（1）：17-21.

11. 赵莉，张孟杰，邝朴生. 面向对象技术理论及其软件开发方法的研究［J］. 河北省科学院学报，1995，（Z1）：45-49.

12. 邝朴生. 关于机器故障诊断学［J］. 河北农业大学学报，1983，9（2）：39-50.

13. 张晓静，杨云森，邝朴生等. 改进BP网络学习算法的探讨［J］. 河北省科学院学报，1995，（Z1）：76-79.

14. 马洪森，曹克强，邝朴生等. 小麦病虫害治理决策支持系统［J］. 河北省科学院学报，1995，（Z1）：80-85.

15. 贾兰英，邝朴生，蒋文科等，门桥式起重机动态应变测试系统的研制［J］. 农业工程学报，1997，（4）：117-120.

16. 刘刚，杨世凤，邝朴生等. 设备故障诊断步骤优化的研究［J］. 农业工程学报，1997，（4）：125-129.

17. 杨世凤，汪懋华，邝朴生等. 机器故障诊断最优搜索策略的求解［J］. 农业机械学报，1997，28（S1）：71-76.

18. 蒋文科，许文华，邝朴生等. 往复机械振动诊断系统软件的研究［J］. 农业工程学报，1998，（4）：140-144.

19. 邝朴生. 精确农业技术体系及实施概述［J］. 河北农业大学学报，

1998，21（4）：81-85.

20. 刘淑霞，王家忠，邝朴生.设备诊断技术的发展（上）［J］.中国设备管理，1999，(11)：37-38.

21. 刘淑霞，王家忠，邝朴生.设备诊断技术的发展（下）［J］.中国设备管理，1999，(12)：40-41.

22. 邝朴生，刘刚，邝继双.精细农业技术体系初探［J］.农业工程学报，1999，15（3）：1-4.

23. 王爱茹，刘书华，邝朴生等.基于规则和图形的苹果、梨病虫害诊断及防治专家系统［J］.河北农业大学学报，1999，22（1）：60-62.

24. 贾兰英，邝朴生，蒋文科.动态应变采集系统的设计［J］.河北农业大学学报，1999，22（2）：80-83.

25. 邝朴生，蒋文科，丁强等.基于知识——数学模型的起重设备剩余寿命预测［J］.河北农业大学学报，1999，22（4）：143-147.

26. 王家忠，周桂红，邝朴生等.在高等农业院校开设“精确农业”课程的教学实践与思考［J］.河北农业大学学报（农林教育版），2000，2（3）：6-8.

27. 邝朴生.大力发展农业工程，促进农业和农村经济结构调整，提高农业效率和效益［J］.农业工程学报，2000，16（2）：6-8.

28. 刘刚，郝敬敏，邝朴生.机械设备事故趋势与越限综合报警方法［J］.河北农业大学学报，2000，23（4）：89-92.

29. 刘书华，王爱茹，邝朴生等.面向果园的苹果、梨病虫害防治决策支持系统［J］.植物保护学报，2000，27（4）：302-306.

30. 蒋文科，吕玉江，邝朴生.汽油发动机空燃比控制系统［J］.河北科技大学学报，2001，22（3）：19-22，72.

31. 吕玉江，蒋文科，邝朴生.汽油发动机空燃比闭环控制及监测系统［D］，河北农业大学硕士学位论文，2001，(6).

32. 张健钦，屈平，邝朴生. 计算机视觉技术在杂草识别中的应用研究进展［J］.河北大学学报（自然科学版），2002，22（4）：410-414.

33. 赵树朋，张世芳，邝朴生等．汽车电喷发动机故障诊断专家系统的开发研究［J］.河北工业大学学报，2002，25（2）：79-81.

34. 邝朴生．农机液压测试若干问题［J］.农机科研，1980，（1）：17-26.

35. 邝朴生，刘刚．机器可达性的量化以及故障诊断步骤的优化［D］.中国农机学会技术学会论文集下，1996，（9）.

36. 邝朴生，刘刚．学科分化与综合的初步实践与体会［J］．农业工程学报，1996（10）：238-243.

37. 邝朴生，刘刚．计算机技术与大农业诸学科的交叉及融合［J］.河北农业大学学报，1996，（10）：12-15.

38. 钱东平，杨世凤，邝朴生．机电设备诊断树理论及方法研究［C］.第七届全国振动理论及其应用学术会议论文集摘要，1999，（12）：101.

39. 屈平，赵树朋，邝朴生等．植物花粉扫描图像识别与检索［J］.河北省科学院学报，2002（8）：22-24.

40. 钱斌，邝朴生，屈平等．JL1065联合收割机测速系统及信号处理研究［J］.河北省科学研究院学报，2002（8）：157-259.

41. 屈平，钱斌，邝朴生等．测产联合收割机信号采集系统的研究［J］.河北省科学院学报，2002（8）：328-332.

42. 智立甫，蒋文科，邝朴生等．MATLAB仿真在模糊控制系统设计中的应用［J］.河北大学学报，2004（5）：69-71.

43. 张漫，邝朴生．农业信息化的一些基本问题探讨［J］.农业现代化研究，2005（9）：64-66.

44. 邝朴生．精确农业介绍［N］，《中国农机化报》（连载系列）.

作者应邀提出系列文稿题录，经该报《现代农业》版责任编辑李桂新同志1999年1月13日来函确认，选用下列13题，每题稿2000字左右。此后由张蓝水编辑负责，从1999年3月份开始陆续刊出，每月一文。

（1）精确农业——农业高效可持续发展的新途径

（2）全球定位系统（GPS）及其农业应用

（3）差分全球定位系统（DGPS）及其农业应用

（4）地理信息系统（GIS）及其农业应用

（5）遥感技术（RS）及其农业应用

（6）作物生长模拟模型

（7）农业专家系统（AES）

（8）决策支持系统（DSS）及其农业应用

（9）作物产量传感器

（10）新一代联合收割机自动输出田间产量分布图

（11）精确控制实时变量施肥机

（12）精确控制实时变量施药机

（13）精确控制实时变量灌溉机械与系统

部分著作：1974—2012年编著和主编著作11部，共计438万字，参编3部，共约10万字，主审3部，共计90万字，总计538万字。分列如下：

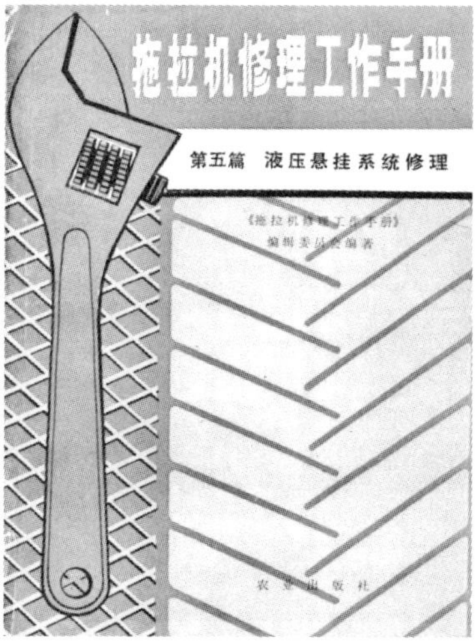

邝朴生编著，液压悬挂系统修理，36万字，农业出版社，1975年

邝朴生、徐福章、刘玉琴编著，现代机器故障诊断学，40万字，农业出版社，1991年

邝朴生参编，设备状态监测与故障诊断，中国计划出版社，2006年

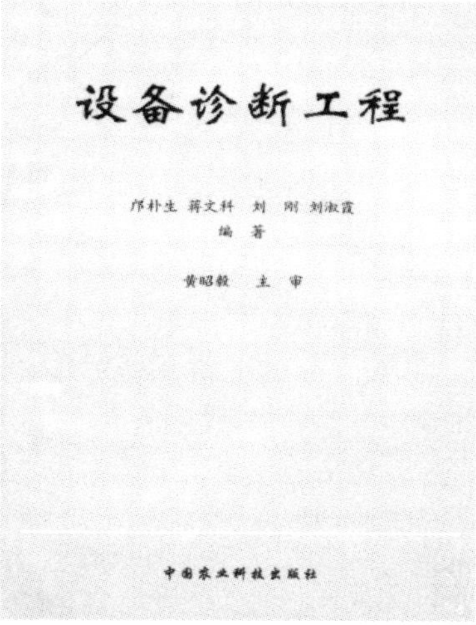

邝朴生、蒋文科、刘刚、刘淑霞编著，设备诊断工程，45万字，中国农业科技出版社，1997年，徐滨士院士作序

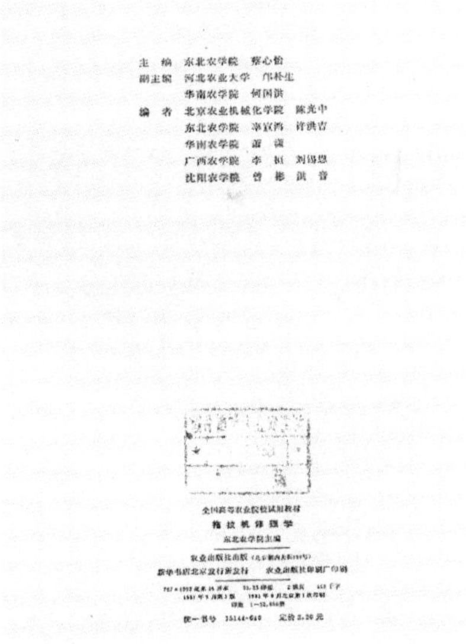

邝朴生 第一副主编，拖拉机修理学，全国高等农业院校统编教材，44万字，农业出版社，1981年

邝朴生第一副主编，机器维修工程学，全国高等农业院校教材，农业出版社，1990年第一版

邝朴生主编，机器维修工程学，全国高等农业院校教材，47万字，农业出版社，1999年修订版

邝朴生主编，拖拉机修理，54万字，河北省农业机械管理局，1974年，印刷30 000册

邝朴生主编，拖拉机修理技术（发动机部分），41万字，北京出版社，1979年

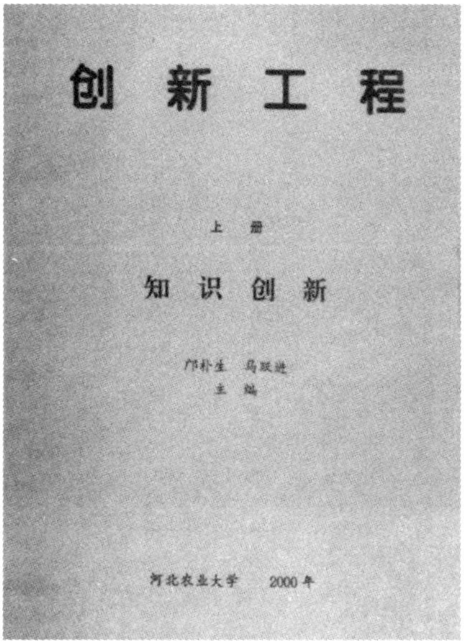

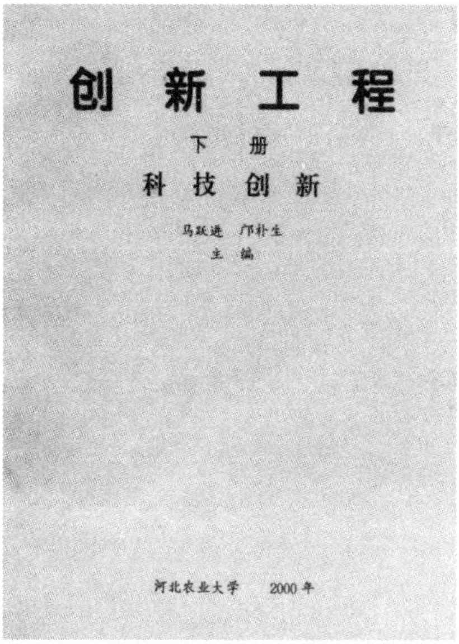

邝朴生、马跃进主编，创新工程，28万字，河北农业大学，2000年

邝朴生、马跃进、钱东平主编，创新学，26万字，中国农业大学出版社，2003年

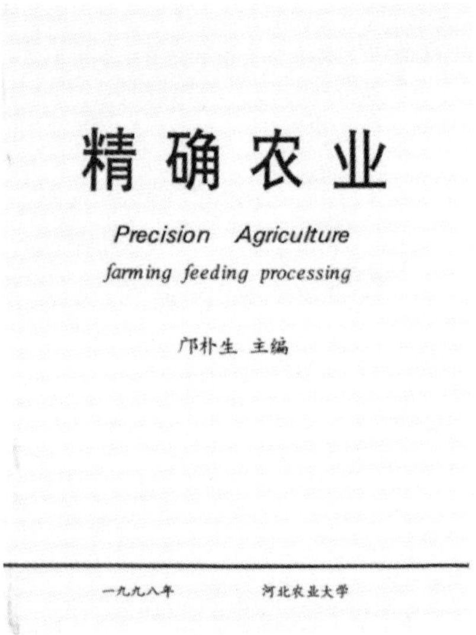

邝朴生主编，精确农业，52万字，河北农业大学，1998年

邝朴生、蒋文科、刘刚、邝继双编著，精确农业基础，25万字，中国农业大学出版社，1999年，汪懋华院士作序

邝朴生参编（研），中国农业机械化发展战略研究（综合卷），中国农业出版社，2009年

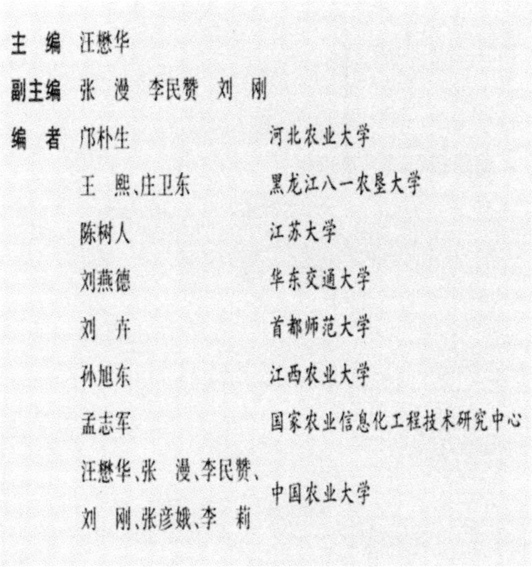

主　编　汪懋华

副主编　张　漫　李民赞　刘　刚

编　者　邝朴生	河北农业大学
王　熙、庄卫东	黑龙江八一农垦大学
陈树人	江苏大学
刘燕德	华东交通大学
刘　卉	首都师范大学
孙旭东	江西农业大学
孟志军	国家农业信息化工程技术研究中心
汪懋华、张　漫、李民赞、刘　刚、张彦娥、李　莉	中国农业大学

邝朴生参编，精细农业，普通高等教育“十一五”国家级规划教材，中国农业大学出版，2011年

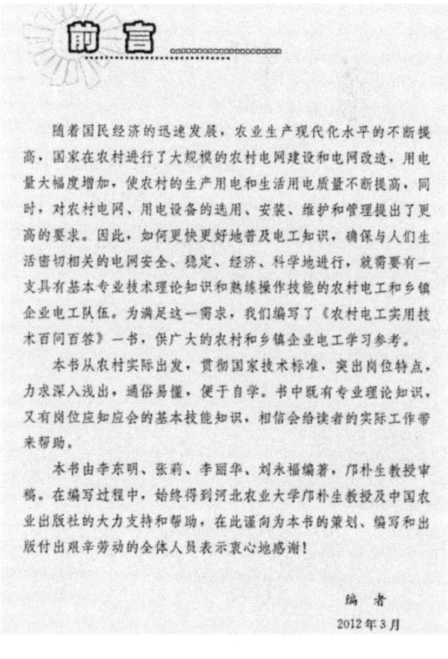

前　言

随着国民经济的迅速发展，农业生产现代化水平的不断提高，国家在农村进行了大规模的农村电网建设和电网改造，用电量大幅度增加，使农村的生产用电和生活用电质量不断提高，同时，对农村电网、用电设备的选用、安装、维护和管理提出了更高的要求。因此，如何更快更好地普及电工知识，确保与人们生活密切相关的电网安全、稳定、经济、科学地进行，就需要有一支具有基本专业技术理论知识和熟练操作技能的农村电工和乡镇企业电工队伍。为满足这一需求，我们编写了《农村电工实用技术百问百答》一书，供广大的农村和乡镇企业电工学习参考。

本书从农村实际出发，贯彻国家技术标准，突出岗位特点，力求深入浅出，通俗易懂，便于自学。书中既有专业理论知识，又有岗位应知应会的基本技能知识，相信会给读者的实际工作带来帮助。

本书由李东明、张莉、李丽华、刘永福编著，邝朴生教授审稿。在编写过程中，始终得到河北农业大学邝朴生教授及中国农业出版社的大力支持和帮助，在此谨向为本书的策划、编写和出版付出艰辛劳动的全体人员表示衷心地感谢！

编　者

2012年3月

邝朴生主审，国家重点图书，农村电工实用技术百问百答，26万字，中国农业出版社，2012年3月

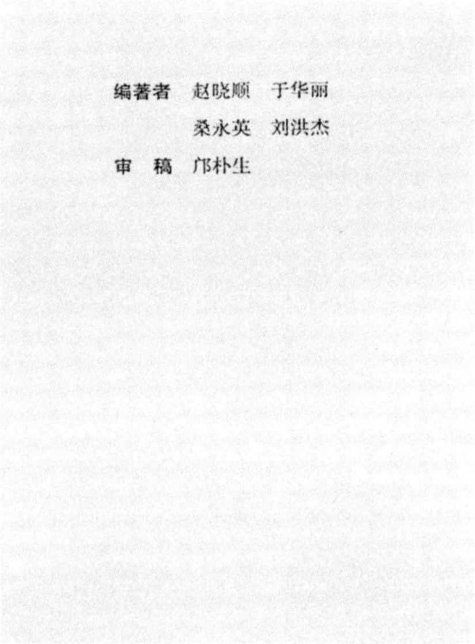
编著者 赵晓顺 于华丽
桑永英 刘洪杰
审 稿 邝朴生

邝朴生主审，国家重点图书，农用运输车使用与维修百问百答，33万字，中国农业出版社，2012年3月

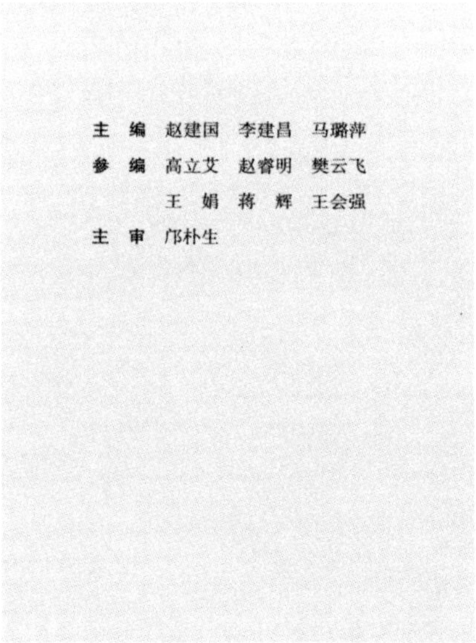
主 编 赵建国 李建昌 马璐萍
参 编 高立艾 赵睿明 樊云飞
王 娟 蒋 辉 王会强
主 审 邝朴生

邝朴生主审，国家重点图书，小型拖拉机使用与维修百问百答，31万字，中国农业出版社，2012年3月

附录三　任职聘书及证书

证　书

邝朴生同志：

为了表彰您为发展我国高等教育事业做出的突出贡献，特决定从九三年十月起发给政府特殊津贴并颁发证书。

国务院

政府特殊津贴第(93)913 0018号

一九九三年十月一日

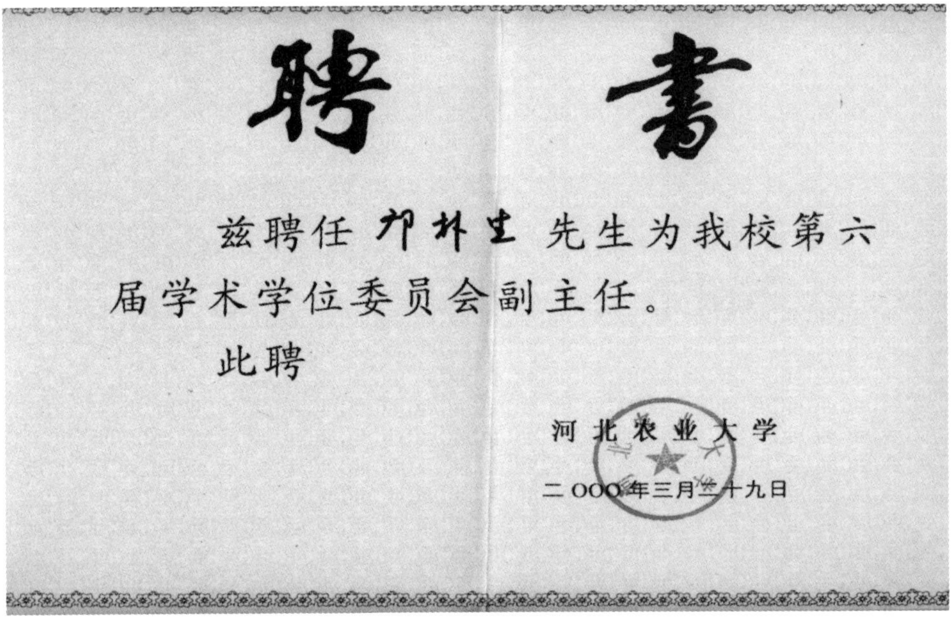
聘書
兹聘任 邝朴生 先生为我校第六届学术学位委员会副主任。
此聘
河北农业大学
二〇〇〇年三月二十九日

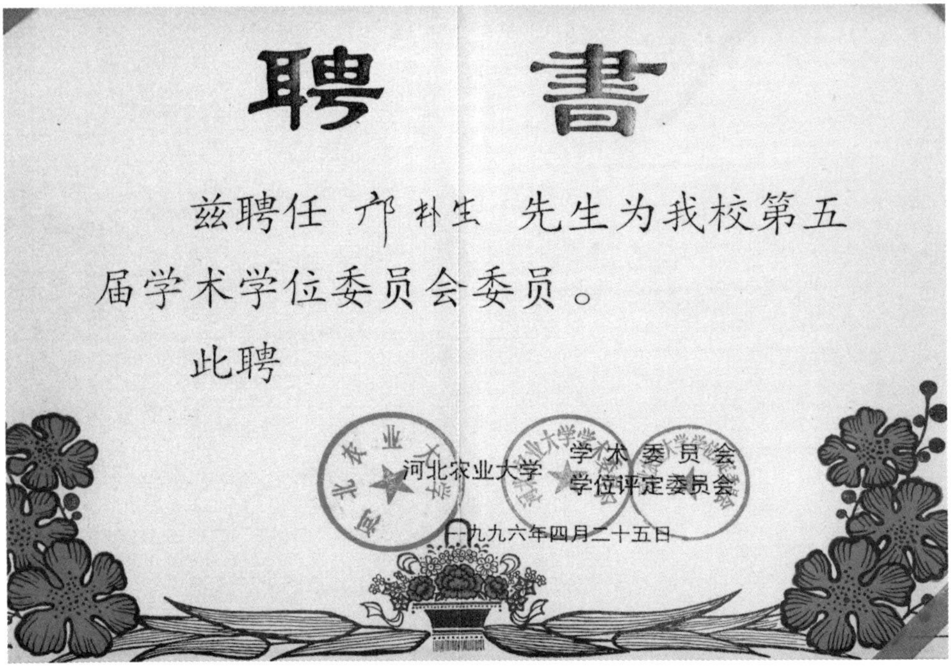
聘書
兹聘任 邝朴生 先生为我校第五届学术学位委员会委员。
此聘
河北农业大学
学术委员会
学位评定委员会
一九九六年四月二十五日

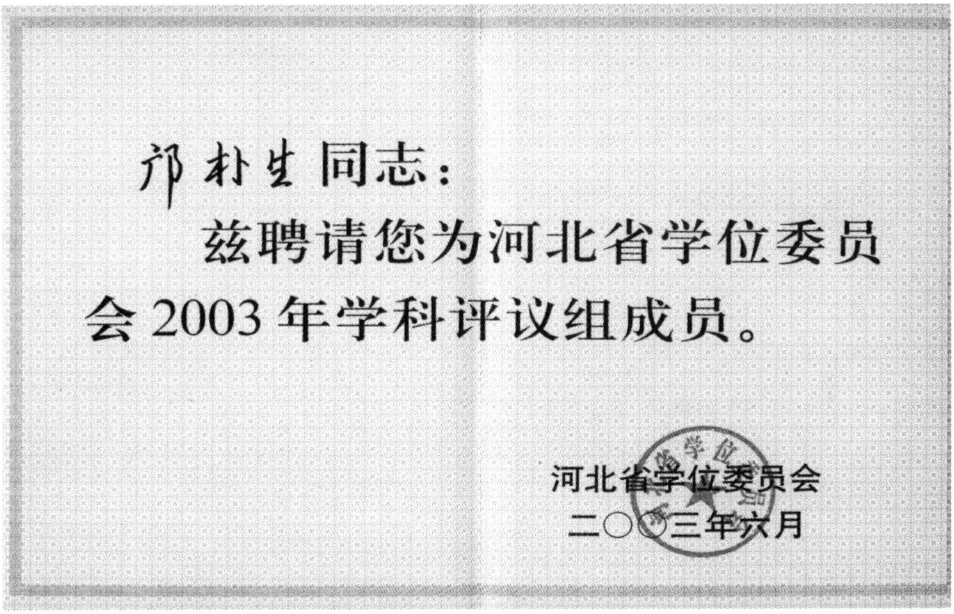

邝朴生同志：

兹聘请您为河北省学位委员会2003年学科评议组成员。

河北省学位委员会

二〇〇三年六月

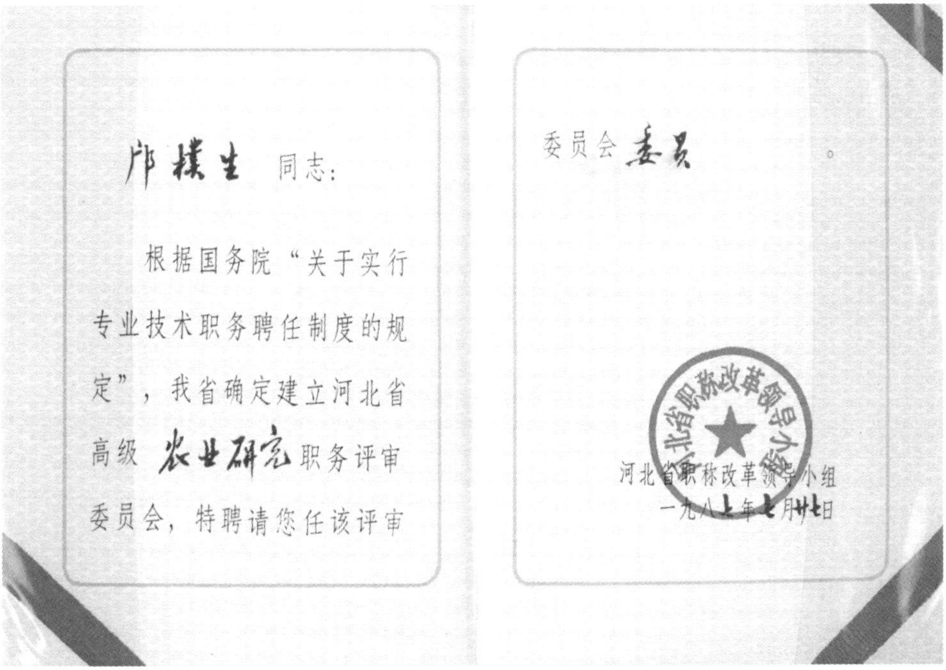

邝樸生 同志：

根据国务院“关于实行专业技术职务聘任制度的规定”，我省确定建立河北省高级农业研究职务评审委员会，特聘请您任该评审委员会委员。

河北省职称改革领导小组

一九八七年七月廿七日

河北省

科技成果

鉴定评审专家证

姓　　名　邝朴生

性　　别　男

级　　别　国家级

专用职称　教授

工作单位　河北农业大学

编　　号　G10003

注意事项

1. 本证为科技成果鉴定评审专家的身份证明，不得转借或涂改。

2. 本证须盖公章，方为有效。

3. 聘期三年。

4. 丢失不补。

发证日期1993年4月　日

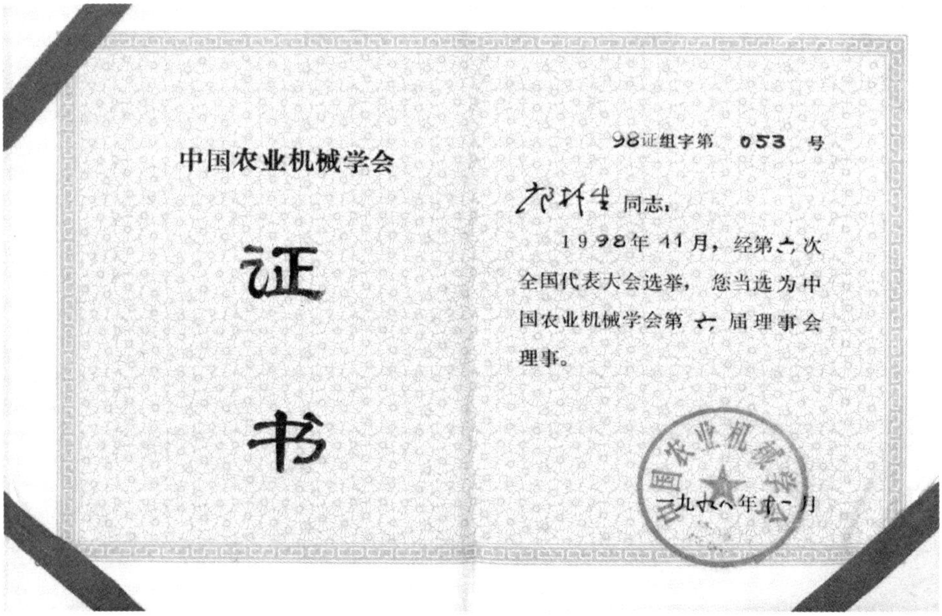

中国农业机械学会

证书

98证组字第 053 号

邝朴生同志：

1998年11月，经第六次全国代表大会选举，您当选为中国农业机械学会第六届理事会理事。

中国农业机械学会

一九九八年十一月

中国农业机械学会高级会员证

姓名 廊朴生　性别 男

出生年月 38.12　技术职称 教授

工作单位 河北农业大学

编　　号 0314003

颁证日期 1995 年 12 月

缴纳会费记录

年　　度	金　额
1995 —1999	150.–
—	
—	
终身会员	

注 意 事 项

1. 此证仅证明本人会籍，不作身份证明。
2. 停止会籍后，此证无效。
3. 不得涂改、转借。
4. 无钢印无效。

聘　　书

兹聘请郎朴生同志任中国机械工程学会设备维修分会第四届设备诊断技术委员会工作委员

特发此聘书

中国机械工程学会
设 备 维 修 分 会

编号：诊 字 026 号　　1997 年 3 月 1 日

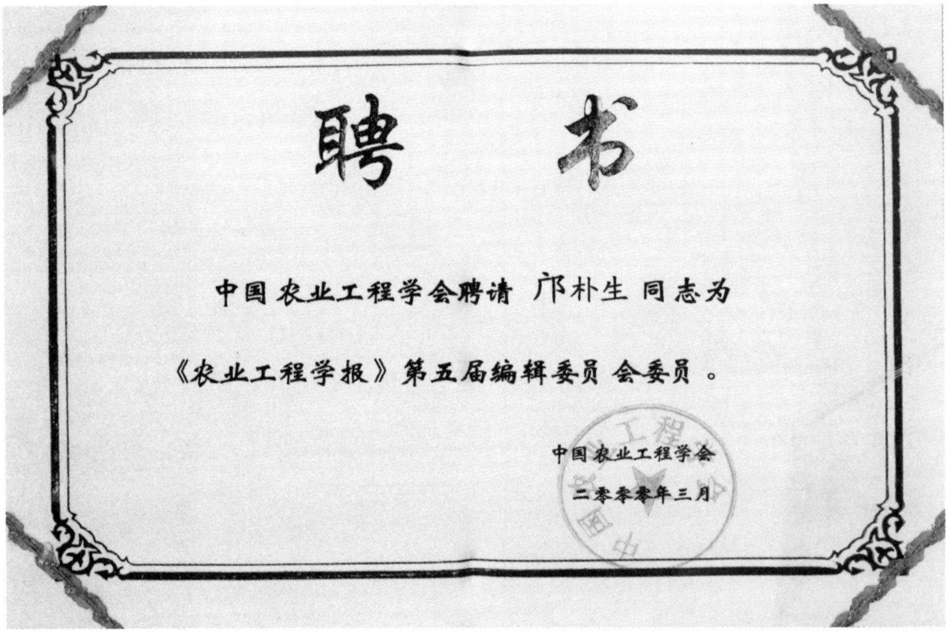
聘书

中国农业工程学会聘请 邝朴生 同志为

《农业工程学报》第五届编辑委员 会委员。

中国农业工程学会

二零零零年三月

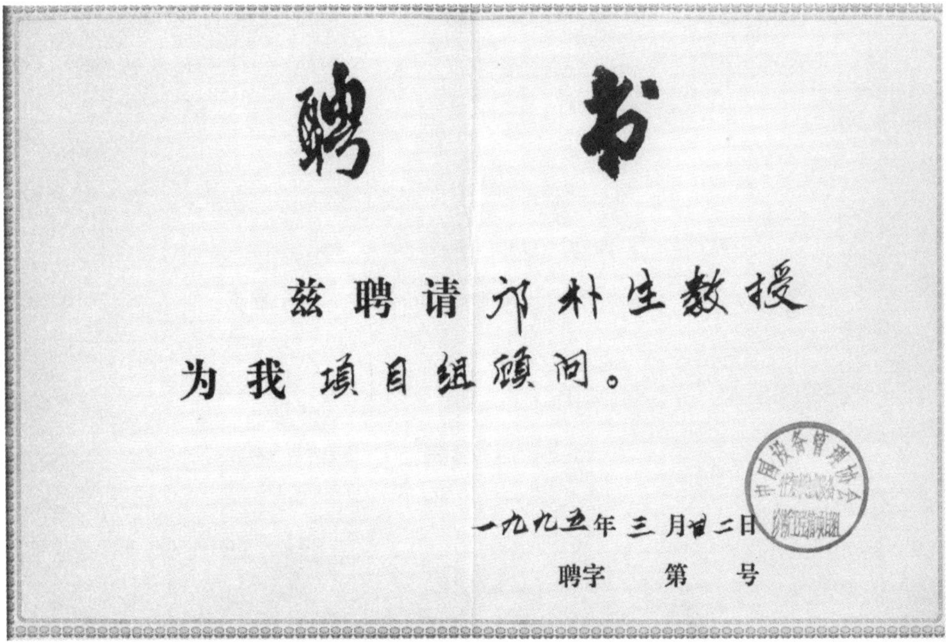
聘书

兹聘请邝朴生教授

为我项目组顾问。

一九九五年三月廿二日

聘字 第 号

聘　书

兹聘请　邝朴生　同志

为我会检测诊断技术专业委员会副主任

一九八九年十二月二十七日

聘字第　　号

奖证字850952号

邝朴生同志在河北省农业厅颁发的一九八五年科学技术成果奖壹等奖项目现代机器故障诊断模糊逻辑理论（独自完成）中为主要完成者之一，特发此证，以资表彰。

河北省农业厅

一九八六年十一月

河北农业大学：

TYS-210/75型通用液压试验台架获河北省一九七九年度科技成果四等奖，特此奖励。

河北省科学技术委员会

一九八〇年十月四日

为表彰在科技工作中取得优异成绩者，特发此证书，以资鼓励。

奖励证书

证书号：953172-1

获奖者：邝朴生

项目名称：知识自动获取的模糊人工神经网络方法

奖励等级：三等

河北省科学技术进步奖评审委员会

一九九五年十二月十五日

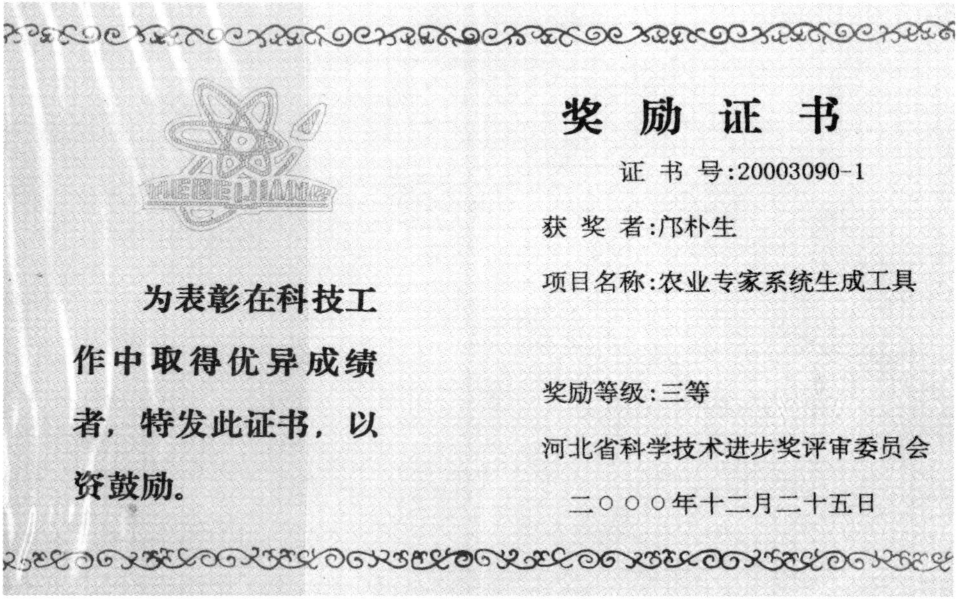

奖 励 证 书

证 书 号:20003090-1

获 奖 者:邝朴生

项目名称:农业专家系统生成工具

奖励等级:三等

河北省科学技术进步奖评审委员会

二〇〇〇年十二月二十五日

为表彰在科技工作中取得优异成绩者，特发此证书，以资鼓励。

河北省教学成果奖

获 奖 证 书

证书编号:972049

成果名称：故障诊断学新学科创建的研究与实践

获 奖 者：邝朴生 蒋文科 徐福章 刘玉琴 刘淑霞

获奖等级：贰等奖

河北省教育委员会

一九九七年十月五日

河北省科学技术奖

证书

为表彰河北省科学技术奖获得者，特颁发此证书。

项目名称：基于知识-数学模型的机械系统事故报警及寿命预测研究

奖励类别：自然科学奖

奖励等级：三等

获 奖 者：邝朴生

河北省人民政府

2003 年 5 月 28 日

2002 年度.证书号:2002ZR3013-01

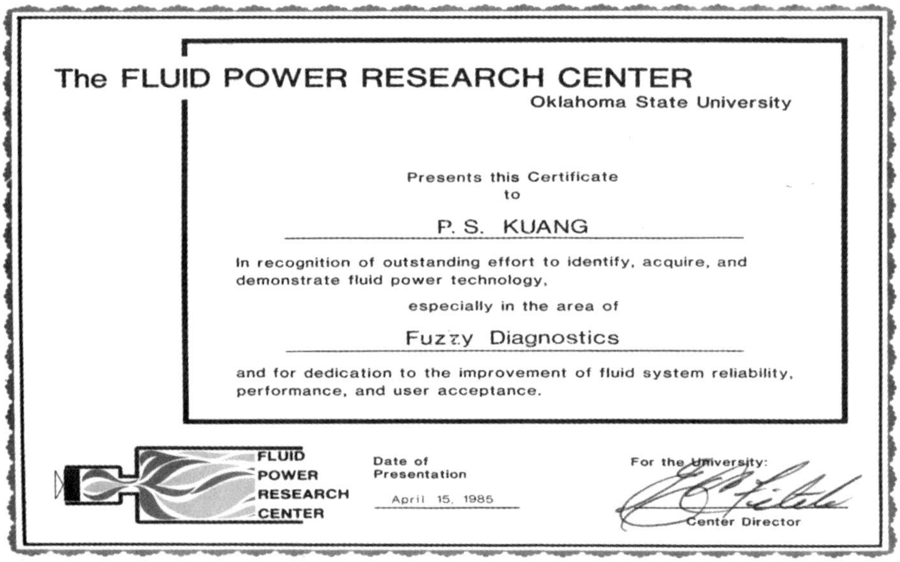

The FLUID POWER RESEARCH CENTER

Oklahoma State University

Presents this Certificate

to

P. S. KUANG

In recognition of outstanding effort to identify, acquire, and demonstrate fluid power technology,

especially in the area of

Fuzzy Diagnostics

and for dedication to the improvement of fluid system reliability, performance, and user acceptance.

FLUID POWER RESEARCH CENTER

Date of Presentation

April 15, 1985

For the University:

Center Director

美国流体动力研究中心合作研究成果证明书

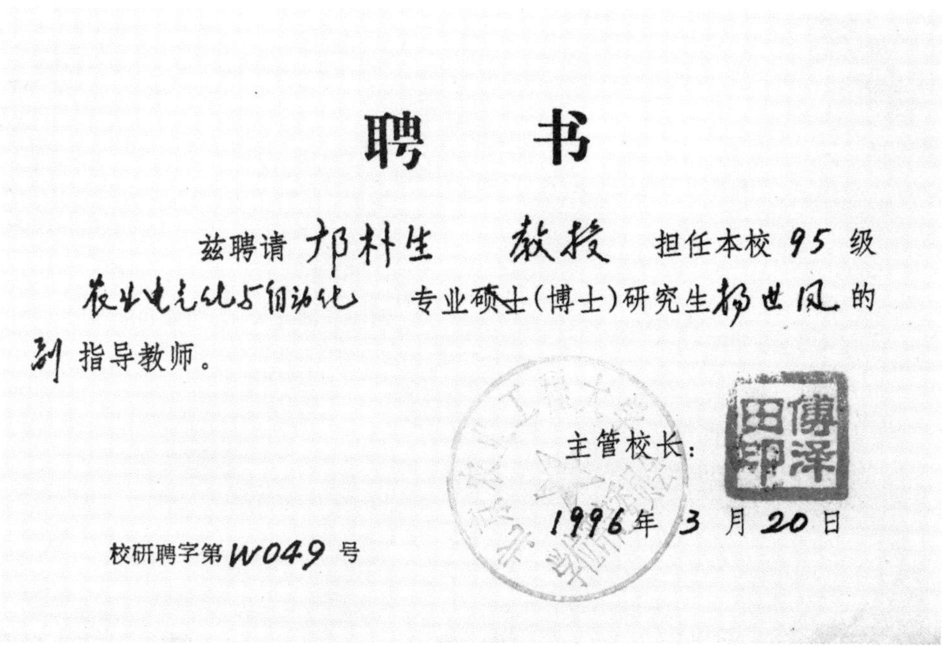

聘　书

兹聘请 邝朴生 教授 担任本校 95 级 农业电气化与自动化 专业硕士(博士)研究生杨世凤 的 副 指导教师。

主管校长：

1996年 3 月 20 日

校研聘字第 W049 号

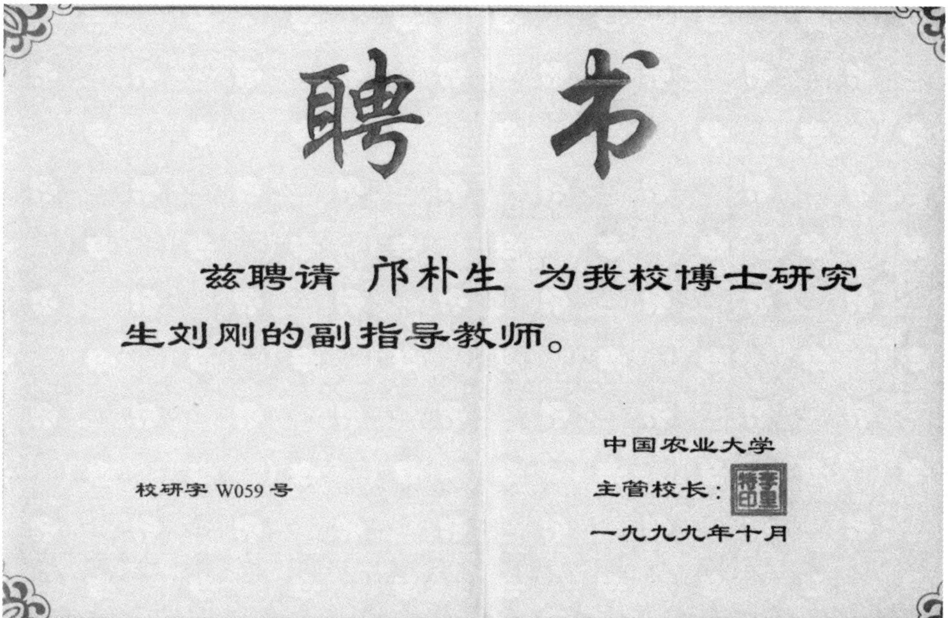

聘书

兹聘请 邝朴生 为我校博士研究生刘刚的副指导教师。

中国农业大学

主管校长：

一九九九年十月

校研字 W059 号

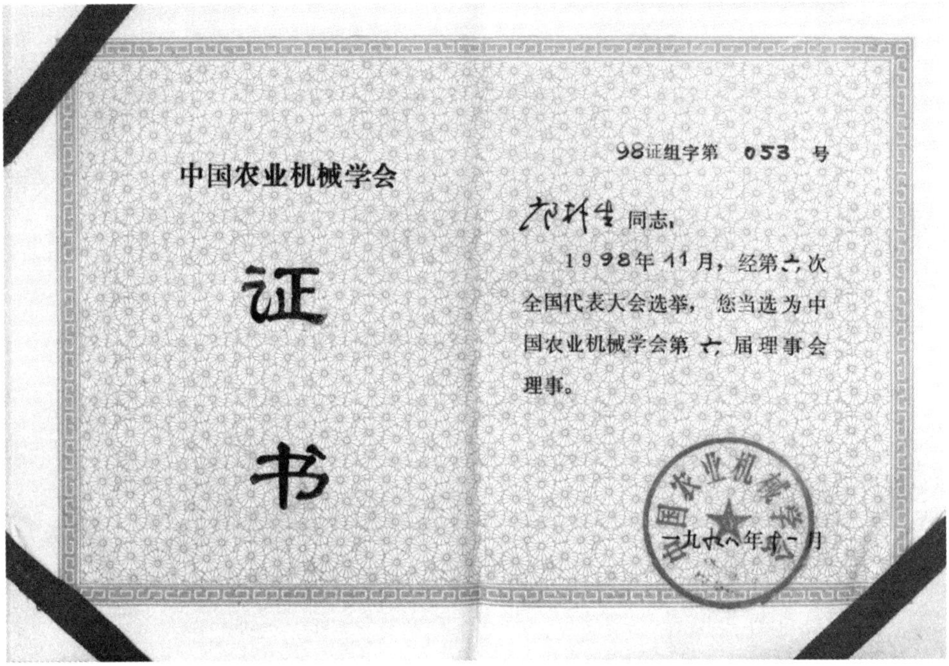
中国农业机械学会
证
书
98证组字第 053 号
同志：
1998年11月，经第六次全国代表大会选举，您当选为中国农业机械学会第六届理事会理事。
一九九八年十一月

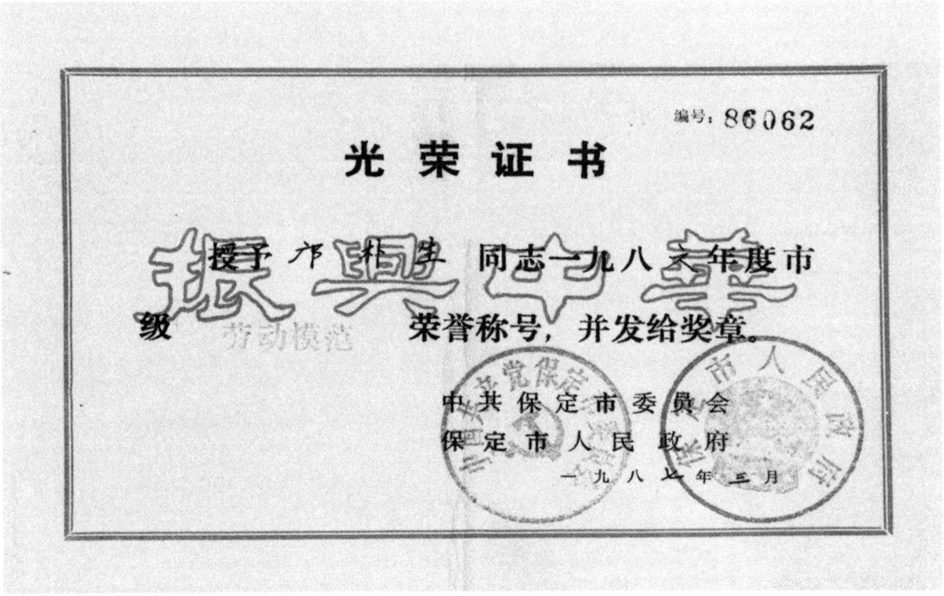
编号：86062
光 荣 证 书
授予 同志一九八六年度市级 劳动模范 荣誉称号，并发给奖章。
中共保定市委员会
保 定 市 人 民 政 府
一九八七年三月

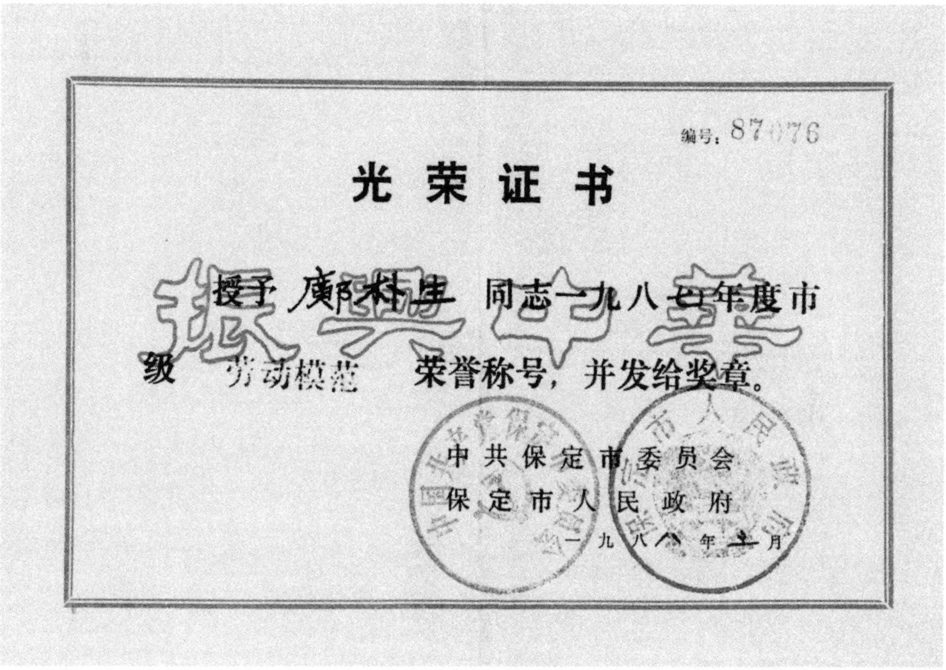

编号：87076

光荣证书

授予 鄭朴生 同志一九八七年度市级 劳动模范 荣誉称号，并发给奖章。

中共保定市委员会
保定市人民政府
一九八八年二月

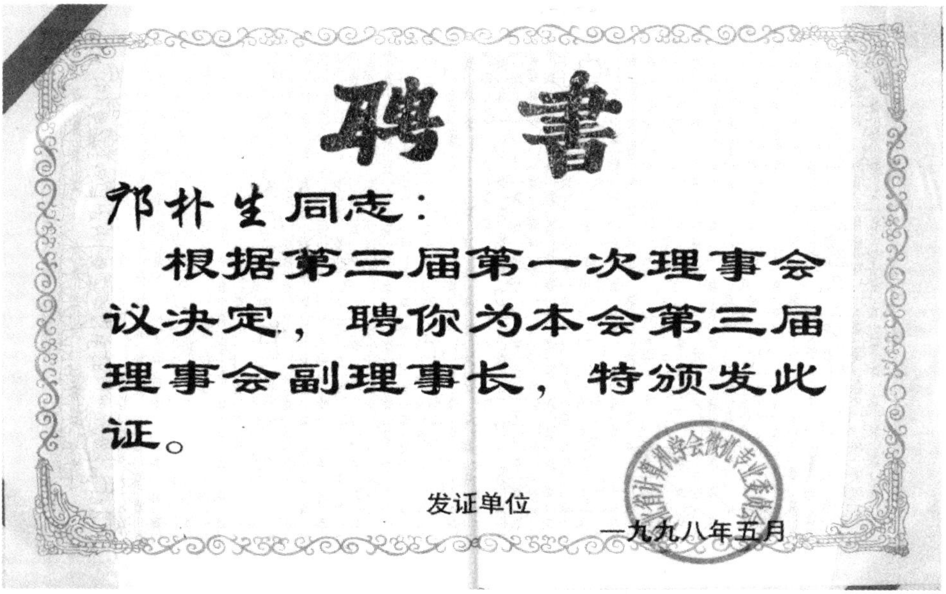

聘書

邝朴生同志：

根据第三届第一次理事会议决定，聘你为本会第三届理事会副理事长，特颁发此证。

发证单位

一九九八年五月

专业技术系列 教师
Professional Series
专业名称 农机修理
Name of Speciality
资格名称 教授
Name of Qualification
评审委员会 河北省高等学校教师职务高级评审委员会
Appraisal Committee
授予时间 1987.1
Date of Conferment

姓名 邝朴生 性别 男
Name Sex
出生年月 1938.12
Date of Birth
证书编号：0024415
Certificate No.
一九九四年七月廿一日

河北农业大学20世纪教授聘任时序（根据校志）

1923年：王子方

1934年：孙醒东

1939年：石振亚

1949年：曲泽洲、郭西则、张连桂

1950年：李长卿

1951年：李鉴古、孙珍田、刘旭初

1953年：杨文衡

1960年：褚桂林

1963年：曹天行

1965年：许康祖

1979年：石大伟、付守三、谭俊杰、王焕如、王恒铨、毕桓武

1983年：陈陆均、黄梧芳、张　璞

1987年1月[1]：孙颖洲、邝朴生、夏亨熹

1987年12月：张志铭、朱之堉、曲健木、马宝焜、李伯航、邹道谦、姜立堂、王天俊、曹寿先、张绍成、王永蕙、陈四维、季正端、武　仲、卢少源、王增勋、宋福祥、韩绩之、刘富林、郗荣庭、徐海光、金子瑜、桑育春、崔起麟、刘　中、董　霞、罗耀武、黄　燮、李仁岗、杜孟庸、赵秀仪、杜怡斌

1988年：褚达华、赵寿录、张立言、李广敏、王益之、陈家修

1989年：周厚钧

1990年：单翠芬

1991年：郑经纬、曹　晖、马德伟、曾宪思、何锡源、张世权、赵鲁光、池淡庆、周正卿、缪应庭、周熙簧、李丽云、邸文祥、傅凯廉、王智炘、冯光明、吴富融、王如英、张增圻、梁观伟、赵鲁光、凌崇秀、李宗智、崔思列、巩　富、郑经纬

1992年：彭士琪、田振祥、赵德熊、侯宝林、单永利、桑润滋、郑晓莲、吕增仁、杨　庆

1993年：张德培、李树春、刘世雄、刘彩莉、刘天鹤、杨　镇、

---

① 1986年10月河北省职改办规定职称晋升政策。其中，凡是当时未满48周岁的申请人，若其他申报条件均达标，可以破格晋升教授职称。邝朴生出生于1938年12月22日，到1986年10月计为47周岁零10个月，符合破格规定，并且通过了职称评审，于1987年1月应聘为教授。

李乃超、郑明义、闫俊杰、王文禧、俞良甫、高　栌、
周曰荣、左永忠

1994年：吴显义、安俊杰、吴育发、马连元、徐福章、刘铁成、
张建华、陈福生、王廷双、王铁琴

1995年：刘孟军、刘大群、蔡报智、骆筱菊、杨振刚、郑旌辉

1996年：冯巾帼、王振文、张建光、李同洲、刘树庆、曹克强、葛会波、
刘孟军、孙建恒、纪青岩

1997年：池书敏、韩　抗、庞新位、郭振怀、李希孔、孙维连、谷子林、
马文奇、梁卫理、杨敏生、臧士国、王慧军

1998年：汪　雷、皇甫中泗、宋克敏、路金喜、李保国、周大迈、魏建国、
孙建设、黄仁录、刘俊峰、王　健、李建国、许　皞、黄大庄、
贾英民、薛庆林、董金皋、肖　凯、朱宝成

1999年：白银凤

2000年：申书兴

河北农业大学享受国务院特贴者名单（截至1994年）

王　健

（以下按姓氏拼音排列）

董　霞　杜怡斌　冯光明　邝朴生　李仁岗　李伯航　李呈敏　卢少源
罗耀武　马宝焜　彭士琪　孙颖洲　王如英　王永蕙　王振文　王智炘
郗荣庭　夏亨熹　徐海光　张宝庆　张立言　张荣芝

附录四　公共选修课大纲

相关课程　　　　开课教师　　　　邝朴生 教授　　　　2000 年—2010 年

课程名	开课院系	学分	分类	类型	学历	总学时	讲授学时	实验学时	可否免修	课程大纲	考试类型	课程简介	
航空与航天(公选)	机电工程学院	2	公共选修课	讲授	本科	30	30	0	否	课程大纲	考查		修改简介
创新学(公选)	机电工程学院	2	公共选修课	讲授	本科	30	30	0	否	课程大纲	考试		修改简介
人工智能技术(公选)	机电工程学院	2	公共选修课	讲授	本科	30	30	0	否	课程大纲	考试		修改简介
故障诊断与案情侦破(公选)	机电工程学院	2	公共选修课	讲授	本科	30	30	0	否	课程大纲	考试		修改简介
仿生学(公选)	机电工程学院	2	公共选修课	讲授	本科	30	30	0	否	课程大纲	考试		修改简介
防灾与救助(公选)	机电工程学院	2	公共选修课	讲授	本科	30	30	0	否	课程大纲	考试		修改简介
兵器与谋略(公选)	机电工程学院	2	公共选修课	讲授	本科	30	30	0	否	课程大纲	考试		修改简介
航空与航天 (公选)	机电工程学院	2	公共选修课	讲授	独立学院本科	30	30	0	否	课程大纲	考查		修改简介
创新学(公选)	机电工程学院	2	公共选修课	讲授	独立学院本科	30	30	0	否	课程大纲	考试		修改简介
防灾与救助(公选)	机电工程学院	2	公共选修课	讲授	独立学院本科	30	30	0	否	课程大纲	考试		修改简介

开课任务书

注：以下七门公共选修课大纲均由邝朴生拟定、提出，经教务处批准实施。

课程名称：创新学　**编号：**2100165　**学时：**30　**学分：**2

开课教师：邝朴生

授课特点：以知识工程原理为主线，以案例分析为主要形式，采用多媒体手段（PowerPoint、录像带、DVD碟）教学，另外，组织课外创新实践活动

教材：《创新学》，邝朴生、马跃进、钱东平主编，中国农业大学出版社，2003年1月

课程基本要求：激发创新兴趣，树立创新观念，培养好学精神，掌握创新思维与方法、科研与推广的程序和方法

课程主要内容：

第一章　导论（2学时）

第一节　创新的重要意义：从国家民族、企事业单位、个人，三个层次考虑

第二节　大学生素质：内容、内涵

第三节　创造力构成：三个方面，八项衡量

第四节　创造力培养：既鼓舞士气又传授方法，“人皆可以为舜尧”

第二章　知识获取（4学时）

第一节　信息搜索：传统方法，现代手段（网络、门户网站、数字图书馆）

第二节　大脑：基本知识，训练脑，用好脑，保养脑

第三节　注意力：含义，种类，应用，培养

第四节　观察力：含义，种类，应用，培养。强调观察的重要性，重点介绍系统科学观察和机遇科学观察

第五节　记忆力：心理学解释，脑科学解释，训练“增强记忆，适当忘却”

第六节　操作能力：作用，重要性

第七节　自学能力：作用，重要性，必要性，激发自学动力，充分利用现有条件（空中课堂、网络学校、远程教育）

第三章　知识加工（2学时）

第一节　逻辑思维：必要性，回顾形式逻辑，演绎与归纳

第二节　形象思维：对创新的作用，20世纪四大模型的提出

第四章　知识创新（6学时）

第一节　观察、机遇与鉴识

第二节　想象力

第三节　比较与分类

第四节　类比

第五节　移植与渗透

第六节　发散与收敛

第七节　灵感

第五章　知识的验证（4学时）

第一节　假说：作用，形成过程

第二节　科学试验及其结果的处理和理解：试验设计，数据处理，结论

第六章　计算机辅助创新（2学时）

第一节　TRIZ原理

第二节　进化法则

第三节　物质场分析

第四节　矛盾矩阵

第五节　CAI软件

第六节　农业TRIZ

第七章　发明技法（1学时）

第一节　智力激励法

第二节　检核表法

第三节　综摄法

第四节　中山正和法

第五节　特性列举法

第六节　自然现象仿拟法

第七节 TT-HS法
第八节 模仿创造法
第九节 缺点列举法
第十节 希望点列举法
第十一节 类比法
第十二节 联想法
第十三节 情报分析法
第十四节 适应需求法
第十五节 背逆思考法
第十六节 设问法
第十七节 要素排列组合法
第十八节 假想构成法
第十九节 补偿法
第二十节 投入产出法

第八章 科研过程（4学时）
第一节 选题
第二节 申报
第三节 研究
第四节 总结
第五节 鉴定
第六节 推广

第九章 科技写作（3学时）
第一节 报告
第二节 综述
第三节 论文

第十章　成果转化（2学时）

第一节　成果的界定

第二节　中试、示范、推广

第三节　产学研合作

第四节　相关法规

课程名称：故障诊断与案情侦破　**编号2100223**　**学时：**30　**学分：**2

开课教师：邝朴生

课程性质：属于推理方法及高新技术普及课程

目的与任务：介绍故障诊断与案情侦破的思维方法和相应高新技术，通过实例启发掌握基本知识，拓宽思路。

教学重点：求因推理不完全归纳，假说的提出及验证，故障（案情）重演，诊断树，失效分析

教学难点：振动诊断，身份识别

与其他课程关系：与机械学、病理学、人工智能、刑侦学等有关

教学内容：

1. 诊断学学科体系：可靠性，安全性，维修性；诊断、诊疗、侦破之间的共性；诊断学的拓宽

2. 故障特性、故障表征、故障字典、故障矩阵、事故链、故障树、聚类信息特性、病伤信息特征、案件信息特征

3. 传统诊断：感官诊断、求因推理——不完全归纳，假说的提出及验证，现场再造、案情重演

4. 诊断算法：因果关系的诊断及侦破原理

5. 智能诊断：诊断专家系统，诊断树

网络诊断及侦破取证技术之一

6. 振动诊断，声音诊断，声源定位，信号的采集、记录、处理与分析，

“黑匣子”

7. 失效分析、断口分析、探伤、透视、内窥

8. 分析化验：气息、成分、光谱、色谱

9. 痕迹识别：指纹、笔迹、足迹、鞋印、轮胎印、纤维

10. 身份识别：毛发、虹膜、DNA(血液、体液、唾液、牙髓、骨髓、毛发)、声纹、电脑画像、重塑人像、数字人体、虚拟手术、虚拟内窥

诊断及侦破取证技术之二

11. 测谎技术：情绪生理测谎、脑电测谎

12. 枪支、弹道与弹痕分析

13. 火场分析、 空难分析、 海难分析、交通事故分析、倒塌事故分析

14. 毒案侦破、昆虫定时

课程名称：人工智能技术　**编号：**2100205　**学时：**30　**学分：**2

开课教师：邝朴生

教学特点：以知识工程及仿生学为主线，以案例为主要形式，避免艰深理论，采取多媒体手段（PowerPoint、录像带、DVD碟）教学

推荐教材及教学参考书：

《人工智能及其应用》蔡自兴等，清华大学出版社，1996

《现代机器人学》郭巧，北京科技大学出版社，2001

《机器学习》徐立本，吉林大学出版社，1997

《农业机器人》李民赞等译，中国农业大学出版社，2009

课程基本要求：开阔学生思路，为其应用高新信息及自控技术提升本专业水平提供新途径

课程主要内容：

第一章　概述（2学时）

第一节　人工智能概念、简史

第二节 应用领域

第二章 模糊技术（4学时）

第一节 模糊控制

第二节 模糊诊断

第三节 模糊决策

第三章 知识工程（4学时）

第一节 状态空间

第二节 搜索技术

第三节 知识表示

第四章 知识库、推理机，专家系统机器学习（2学时）

第一节 机器学习，人工神经元网络

第二节 数据挖掘

第三节 知识发现

第五章 智能控制（4学时）

第一节 自动控制发展史

第二节 智能控制特点及应用

第六章 机器感觉（4学时）

第一节 机器视觉

第二节 机器听觉

第三节 机器嗅觉

第四节 机器味觉

第五节 机器力觉

第六节 机器触觉

第七节 机器方向感

第八节 机器导航

第九节 机器情感

第七章　模式识别（2学时）

第一节　图形识别、图像识别

第二节　文字识别

第三节　声音识别

第四节　气息识别、味道识别

第八章　身份识别（4学时）

第一节　脸形识别

第二节　指纹识别

第三节　虹膜识别

第四节　掌纹识别

第五节　声纹识别

第六节　嗓音识别

第七节　DNA识别

第八节　笔迹识别

第九章　机器人（2学时）

第一节　发展史

第二节　基本结构、功能、原理，仿生学应用

第三节　应用案例（工业、农业、交通、国防、医疗、救灾、服务、家庭）

第十章　展望（2学时）

第一节　信息网络智能化

第二节　教育智能化

第三节　智能工农业

第四节　智能大厦

第五节　智能交通

第六节　智能战士

第七节　智能军队

第八节　智能社会

第九节　人造器官

第十节　电子（芯片）人

课程名称：仿生学　**编号：**2100230　**学时：**30　**学分：**2

开课教师：邝朴生

授课特点：以生理、物理、化学、信息知识为主线，以案例分析为主要形式，采用多媒体手段（PowerPoint、录像带、DVD碟）教学

推荐教材及教学参考书：

《生物的启示——仿生学札记》王君仁，辽宁人民出版社，1980

《生物的信息与控制》高远等，海洋出版社，1988

《生物控制论研究方法》汪云九等，科学出版社，1986

课程基本要求：了解类比思维方法，各种物理学、化学、信息学仿生途径及方法，学会设计有关科学实验，能够运用仿生技术从事创新、发明、设计

教学内容：

1. 绪论：仿生学基本知识，类比思维方法，仿生研究方法

2. 机械、力学仿生：结构与强度，运动学，动力学，蜂窝夹层结构，仿袋鼠步行机，跳蚤弹跳力研究，仿甲虫壳犁壁，转基因蜘蛛丝，人造肌肉

3. 流体动力仿生：减阻提效——仿企鹅潜艇，仿鲨鱼皮泳衣，机器鱼

4. 气体动力仿生：仿掠鸟机翼，仿蝗虫翅，蜂鸟悬停

5. 声学仿生：蝙蝠超声系统，海豚声呐，次声感知，动物语言

6. 光学仿生：昆虫复眼，响尾蛇红外感知，猫头鹰夜视，萤火虫

7. 电学仿生：电鳗，生物电池，活雷达——水象

8. 信息与控制仿生：北极熊冬眠，树蛙冻僵复苏，深冷生命封存

9. 化学仿生：光合作用的模仿与提效，人造粮食工厂，贵金属富集，微生物冶金

10. 定位与导航：信鸽、候鸟、海鱼、海龟、狗、走兽

11. 动物排行榜：跳跃、速度、耐力、繁殖、适应性、生存力、射击、凶猛、伪装、欺骗、毒性、大胃口、建筑、智慧

课程名称：兵器与谋略　**编号：**2100232　**学时：**30　**学分：**2

开课教师：邝朴生

授课方式：采用多媒体手段（PowerPoint、录像带、DVD碟）教学

推荐教材及教学参考书：

《现代武器装备知识丛书——现代武器装备概论》汪致远主编，兵器工业等三家出版社

《现代武器装备知识丛书——导弹武器与航天器装备》孙家栋主编，兵器工业等3家出版社，2003

《孙子兵法——古今中外实战大观》（上、中、下），潘强恩编著，延边人民出版社，1996

课程基本要求：学习军事高新技术知识和谋略思维用于本专业创新，增强国防意识，了解防护措施

教学内容：

兵器知识及战例，冷兵器概述（炮打襄阳、倚天剑、戚家刀）

现代兵器装备(自动化、信息化、网络化、智能化)

1. 战车（坦克、装甲车、特种车），地雷与扫雷

2. 战机：战斗机、轰炸机、武装直升机、无人机、侦察机、预警机

3. 舰艇：水面舰只、潜艇、水雷

4. 导弹：地—地、地—空、空—空、空—地、空—舰、舰—舰、舰—空

5. 通信、侦察

6. 核、生、化战，信息战，特种战，空间战

7. 后勤保障：衣、食、宿、行、医、供油、供水、补给、运输、仓储、规

划管理、工程

孙子兵法13篇

1. 计篇（五事：道、天、地、将、法；诡道十二法：攻其无备，出其不意）

2. 作战篇（速战速决）

3. 谋攻篇（不战而屈人之兵）

4. 形篇（善守者藏于九地之下，善攻者动于九天之上）

5. 势篇（孙膑减灶诱庞涓，哈拉欣朱可夫示弱歼日军）

6. 虚实篇（诺曼底假伞兵惑守敌）

7. 军争篇（陈毅“擒贼擒王”全歼74师）

8. 九变篇（刘伯承七亘村再设伏击；罗斯福破密码假装糊涂）

9. 行军篇（肄业生谨察市场行情，苹果Ⅱ立足微机界）

10. 地形篇（艾森豪威尔涉险摸敌情）

11. 九地篇（毛泽东围而不打，傅作义欲逃不忍）

12. 火攻篇（陆逊火烧连营）

13. 用间篇（“浪子”吉川智探珍珠港）

三十六计

瞒天过海，围魏救赵，借刀杀人，以逸待劳，趁火打劫，声东击西，无中生有，暗渡陈仓，隔岸观火，笑里藏刀，李代桃僵，顺手牵羊，打草惊蛇，借尸还魂，调虎离山，欲擒故纵，抛砖引玉，擒贼擒王，釜底抽薪，浑水摸鱼，金蝉脱壳，关门捉贼，远交近攻，假道伐虢，偷梁换柱，指桑骂槐，假痴不癫，上屋抽梯，树上开花，反客为主，美人计，空城计，反间计，苦肉计，连环计，走为上

课程名称：防灾与救助　**编号：**2100231　**学时：**30　**学分：**2

开课教师：邝朴生

授课特点：以自然灾害与人为过失事故的有关知识为主线，以案例分析为

主要形式

授课方式：采用多媒体手段（PowerPoint、录像带、DVD碟）教学

课程基本要求：增强安全意识，了解防灾知识，学习救助与逃生技能

课程主要内容：

火灾：起因分析、预警技术、防范措施、灭灾战术、救助与逃生

雷电：起因分析、预警技术、防范措施、灭灾战术、救助与逃生

水灾：起因分析、预警技术、防范措施、灭灾战术、救助与逃生

风灾：起因分析、预警技术、防范措施、灭灾战术、救助与逃生

雪崩：起因分析、预警技术、防范措施、灭灾战术、救助与逃生

震灾：起因分析、预警技术、防范措施、灭灾战术、救助与逃生

地质灾：起因分析、预警技术、防范措施、灭灾战术、救助与逃生

化学污染：起因分析、预警技术、防范措施、灭灾战术、救助与逃生

电磁辐射：起因分析、预警技术、防范措施、灭灾战术、救助与逃生

环境危害：起因分析、预警技术、防范措施、灭灾战术、救助与逃生

建筑事故：起因分析、预警技术、防范措施、灭灾战术、救助与逃生

交通事故：起因分析、预警技术、防范措施、灭灾战术、救助与逃生

生产事故：起因分析、预警技术、防范措施、灭灾战术、救助与逃生

恶性疾病：起因分析、预警技术、防范措施、灭灾战术、救助与救生

伤员急救：起因分析、预警技术、防范措施、灭灾战术、救助与救生

防骗、防盗、防伤害

课程名称：航空与航天　**编号：** 2100001　**学时：** 30　**学分：** 2

开课教师：邝朴生

授课特点：以飞行、遥感、空间定位原理为主线，以飞机、卫星、飞船、空间站、探月等案例分析为主要形式，采用多媒体手段（PowerPoint、录像带、DVD碟）教学

课程基本要求： 激发爱国热情，树立创新观念，培养科学精神，开拓新视野，了解航空与航天基本知识，把有关的科技与所学专业联系起来开辟新思路、掌握新方法

课程主要内容及学时分配：

绪论 （2学时）：航空与航天的异同、飞行区域、大气分层、飞行动力、飞行任务

第一篇　航空知识（共12学时）

第一章　飞机的诞生（2学时）

第一节　风筝、飞鸟

第二节　气球

第三节　滑翔机

第四节　莱特飞机

第二章　飞机的基本知识（2学时）

第一节　升力

第二节　平衡与稳定

第三节　起降

第四节　操向

第五节　动力

第三章　活塞式飞机（2学时）

第一节　固定翼

第二节　旋翼

第四章　喷气式飞机（2学时）

第一节　音障与超音速

第二节　热障

第五章　智能化飞机（2学时）

第六章　新发展 （2学时）

第一节　新一代机种

第二节　特技飞行

第三节　仿生飞行器

第二篇　航天知识（共16学时）

第七章　航天概述（2学时）

第一节　历史回顾

第二节　航天目的和意义

第三节　航天科学基础和技术体系

第八章　航天动力学知识（2学时）

第一节　飞行轨道

第二节　火箭技术

第九章　人造地球卫星（4学时）

第一节　历史回顾

第二节　遥测、遥感

第三节　资源、陆地、海洋、气象

第四节　侦察、军事

第十章　载人航天（4学时）

第一节　太空船

第二节　航天飞机

第三节　空间站

第十一章　探测外太空（2学时）

第一节　登月

第二节　日地空间

第三节　行星、小行星、彗星

第四节　太阳系以外

第十二章　太空（环境）利用（2学时）

第一节　微重力

第二节　能源

第三节　军事

第四节　遥感

第五节　通信、导航

第六节　其他